# 낭인천하

무림낭객(武林浪客)

백야 新무협 판타지 소설

FANTASTIC ORIENTAL HEROES

# 낭인천하 4

백야 新무협 판타지 소설

초판 1쇄 찍은 날 § 2013년 3월 27일
초판 1쇄 펴낸 날 § 2013년 4월 3일

지은이 § 백야
펴낸이 § 서경석

편집부장 § 권태완
편집책임 § 박우진

펴낸곳 § 도서출판 청어람
등록번호 § 제1081-1-89호
등록일자 § 1999. 5. 31
어람번호 § 제2-2324호

주소 § 경기도 부천시 원미구 심곡2동 163-2 서경B/D 3F (우) 420-822
전화 § 032-656-4452 팩스 § 032-656-4453
http://www.chungeoram.com
E-mail § chungeorambook@daum.net

ⓒ 백야, 2012

ISBN 978-89-251-3240-2 04810
ISBN 978-89-251-3103-0 (세트)

浪人天下

4

낭인천하

무림낭객(武林浪客)

백야 新무협 판타지 소설

FANTASTIC ORIENTAL HEROES

도서출판 청어람

浪人天下

낭인천하

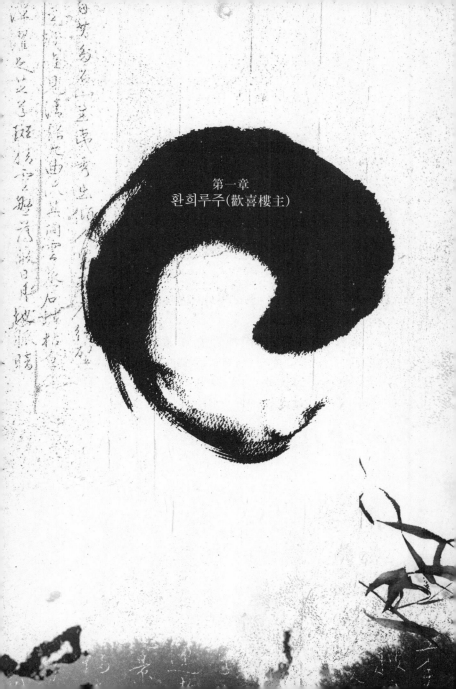

第一章
환희루주(歡喜樓主)

청옥환.

그것은 담우천의 아내 자하가 처녀 시절부터 끼고 있었던 쌍가락지였다.

자하는 혼인 증표로 쌍가락지 중 하나를 담우천에게 주었으며 그 반지는 지금 그의 목에 목걸이처럼 걸려 있었다.

그리고 남은, 그러니까 자하가 언제나 끼고 있던 반지가 저 낯선 여인의 손가락에 끼어져 있는 것이다.

## 1. 미후신

'아냐, 상부에서 알게 되면…….'

원화는 전서구(傳書鳩)들이 있는 뒷마당 창고로 향하다가 마음을 고쳐먹었다.

전서구를 사용하면 자동적으로 상부기관에 보고가 되고, 그렇게 되면 원화 자신이 이름 모를 계집의 색혼술에 당해 야시의 비밀을 털어놓은 게 발각되고 만다.

야시는 한 번의 실수도 용납하지 않았다. 그건 상급자, 하급자를 가리지 않았다.

원화가 아무리 공을 세웠다 하더라도 마찬가지다. 지금

껏 쌓아올렸던 부와 권력이 삽시간에 무너져 내릴 수 있는 것이다.

잠시 고민하던 원화는 결국 창고로 향하던 발길을 돌려 곧장 마구간으로 향했다.

마구간지기가 졸고 있다가 깜짝 놀라며 자리에서 일어났다. 원화는 빠른 어조로 말했다.

"황충(蝗蟲). 하남 미후신에게로 간다. 말을 대령하라."

마구간지기가 조금 놀란 눈빛으로 그를 바라보며 물었다.

"형문산 일은 어찌하시구요?"

"그건 네게 맡기지. 알아서 잘 처리하라."

"알겠습니다."

마구간지기는 왜 원화가 지금 당장 하남의 미후신에게로 달려가려 하는지 물어보지 않았다.

애당초 야시에 적(籍)을 둔 자들은 모두 그러한 법이었다.

상급자의 지시는 그 어떤 것보다 우선해야 했고 그 명령에 의구심을 가지면 안 되었다.

무한 야시의 이인자라는 신분을 마구간지기로 위장한 황충 역시 마찬가지였다.

황충이 말을 준비하는 동안 원화는 초조한 듯 마구간을

어슬렁거리며 상념에 잠겼다.

　이번 일을 어떻게 처리해야 자신에게 피해가 오지 않을까 하는 것과, 또 그 빌어먹을 계집에게 어떤 식으로 복수를 할까 하는 생각 때문에 그의 뇌리가 극도로 어지러웠다.

　"언제쯤 오실 겁니까?"

　말을 끌고 오며 황충이 물었다.

　"일이 끝나는 대로."

　원화는 신경질적으로 대꾸하며 말에 올라탔다. 그리고는 곧장 마구간을 빠져나와 무한의 밤거리를 질주, 그대로 하남 여남을 향해 말을 달렸다.

　그가 여남에 도착한 것은 하남 천중산의 야시가 열리는 그날 아침.

　원화는 얼추 시간에 맞춰왔다고 생각하며 곧바로 미후신을 찾기 위해 어느 한 집으로 향했다.

　그곳은 고아(高雅)안 풍취가 흐르는 장원이었다.

　그 담 안쪽으로는 수백 년 묵은 노송(老松) 세 그루가 장승처럼 우뚝 서서 주위를 굽어보고 있었다. 규모가 매우 큰 집은 아니었지만 언뜻 보아도 일반 여염집이 아닌 것 같은, 품위와 기품이 넘쳐흐르는 이 장원은 여남에서 배출한 몇 되지 않은 공사(貢士)의 집이었다.

이 당시 과거제도는 무려 여섯 번을 치러야 높은 직위의 관인이 될 수 있었다.

우선 각 현에서 치르는 현시(縣試)가 있었고 그 위로 부시(府試), 원시(院試)가 있었다.

그 세 가지 시험을 모두 통과하면 생원(生員)의 격을 얻고, 삼 년마다 각 성(省)에서 한 번씩 열리는 향시(鄕試)에 도전할 수 있었다.

그 향시에 합격한 이들을 거인(擧人)이라 하여, 그들은 다시 북경부에서 열리는 시험에 응시할 자격을 얻게 된다.

그 북경부의 시험에 합격한 자들은 공사라는 격을 얻는데 그들은 다시 황궁에서 황제가 친히 주관하는 전시(殿試)에 참가할 자격을 얻게 된다  전시에 합격한 자들은 전원 관원으로 임명된다. 일반 백성들이 조정의 관원이 될 수 있는 유일한 길은 바로 이 여섯 번의 시험에 합격하는 일이었다.

원화가 찾아간 곳은 오십여 년 전 전시에서 아깝게 탈락하여 낙향한 공사 초운(草雲)의 장원이었다.

이후 서원을 열어 여남의 젊은 문사들과 어린 유생들의 스승으로 더욱 유명해진 초 공사에게는 두 명의 손자와 세 명의 손녀가 있었는데, 원화는 장원의 문지기에게 둘째 손녀를 만나러 왔다며 전갈을 부탁한다고 말했다.

"무한의 원화라고 하셨소? 잠깐만 기다리시오."

문지기는 그렇게 말하고 안으로 들어갔다가 잠시 후 상당히 공손한 모습으로 되돌아왔다.

"아가씨께서 명월다관(明月茶館)에서 기다리시라고 합니다."

그렇게 말한 문지기는 곧 명월다관의 위치에 대해서 간략하게 설명했다.

"고맙소."

원화는 문지기들에게 은자 한 냥씩 건네주었다. 그리고는 말을 돌려 곧장 명월다관으로 향했다.

명월다관은 초운의 장원에서 약 십여 리 정도 떨어진 대로(大路)에 있었다.

다관치고는 상당히 규모가 커서 삼층 전각을 통째로 사용하고 있는 곳이었다.

그는 점소이에게 말을 맡기면서 은근슬쩍 말했다.

"조 공사 둘째 손녀가 기다리라고 해서 왔는데……."

일순 점소이의 안색이 살짝 변했다. 그는 원화의 얼굴을 다시 한 번 살펴보며 입을 열었다.

"마차를 대령할까요?"

엉뚱한 질문이었지만 원화는 기다렸다는 듯이 말했다.

"무한에서는 사람들이 말[牛]을 타는데 여남에서는 말 대신 양[未]을 탄다고 알고 있네."

미리 약조된 암화였다. 서로의 신분을 확인하고 증명하기 위해서 만들어둔 은어(隱語).

만약 이 암화를 제대로 말하지 못한다면 아무리 확실한 신분의 상대라 하더라도 문을 열어주지 않거나 정보를 넘겨주지 않았다.

그게 일반적인 암화의 규칙이었다.

원화의 경우, 제대로 암화를 댄 모양이었다. 점소이는 고개를 끄덕였다.

그리고는 조금 전과는 다르게 더욱 공손한 모습으로 말했다.

"삼 층으로 오르시면 됩니다. 미리 전갈을 해두겠습니다."

"고맙네."

원화는 다관으로 들어갔다. 그리고는 계단을 따라 이 층으로 올랐다.

시끌벅적한 일 층과는 달리 이 층은 매우 고즈넉하고 한산했다.

각 층마다 차와 간식을 즐기는 사람들의 부류가 다르기 때문이었다.

그런 까닭에 이층에서 차를 마시는 이들 대부분은 비단 옷을 걸치고 온갖 귀한 장신구를 착용하고 있었다. 그들이 마시는 차와 먹는 간식의 품질도 일 층의 그것들과는 전혀 달랐고 가격도 큰 차이가 났다.

삼 층으로 오르는 계단은 계산대 뒤쪽으로 나 있었다. 아마도 삼 층은 이곳 다관 식구들이 숙소나 거처로 사용하는 곳인 듯했다.

원화는 아무 말 없이, 자연스럽게 그 계단을 올랐고 다관 사람들 중 누구 하나 이상하게 여기거나 제지하는 이가 없었다.

다관 사람들은 원화를 마치 같은 식구인 것처럼 대했다.

그러니 이 층의 손님들 역시 원화에 대해서 눈여겨보는 이가 없었다.

삼 층에 오르자 복도 입구에 서 있던 시비 한 명이 고개를 숙이며 말했다.

"이리 오시죠."

원화는 그녀의 안내를 받아 삼 층 구석진 방으로 향했다. 방문 앞에서 시비가 조심스레 말했다.

"무한의 오을신께서 찾아오셨습니다."

방문 안쪽에서 젊은 여인의 목소리가 들려왔다.

"안으로 모시거라."

시비는 문을 열었다.

원화가 안으로 들어서자 시비는 밖에서 문을 닫았다. 좋은 향기가 방 안에 감돌고 있었다.

"죄송해요, 번거롭게 해드려서."

책상에 앉아 있던 여인이 일어서며 말했다. 이십대 초중반의 풍만한 가슴을 지닌 여인.

그녀가 바로 바로 십이지회의 동료이자 이곳 여남의 책임자인 미후신이었다.

그녀는 여남 일대에 열두 곳의 거주지를 마련한 후 매일 번갈아가며 어느 한 곳에서 묵는다.

그 위치를 아는 사람은 오직 한 명, 바로 초운의 둘째 손녀뿐이었다.

그런 까닭에 원화는 여남에 당도한 후 곧장 초운의 장원을 찾은 것이다.

미후신은 방 한쪽 구석에 마련되어 있는 차탁으로 원화를 안내하며 물었다.

"안 그래도 형문산 일로 바쁘실 분이 여기는 어쩐 일로 오셨어요?"

원화는 자리에 앉자마자 입을 열었다.

"큰일이오."

미후신은 담담한 미소를 잃지 않았다.

"무슨 일인데요?"

"내가 그만… 섭혼술에 당하고 말았소."

그렇게 입을 열고 그간 사정을 설명하는 원화의 얼굴에는 부끄러움과 자책의 빛이 감돌고 있었다.

반면 미후신은 어디까지나 침착하고 부드러운 표정을 유지했다.

원화는 제 머리를 쥐어뜯으며 말했다.

"그 계집년은 미후신에 대해서 물어보았소. 당신이 어느 지역을 관장하는지, 어떤 인물인지에 대해서. 아아, 부끄럽게도 나는 그때 그 빌어먹을 계집년의 섭혼술에 농락당하고 있었소. 미안하오. 어쩔 도리가 없었소."

"맞아요. 어쩔 도리가 없었겠네요."

미후신은 다정하게 말했다.

"이야기를 들어보니 그녀가 오을신에게 세 가지나 되는 섭혼술을 동시에 건 것 같네요. 방심하고 있던 차에 그런 식으로 당하게 되면 그 누구라 하더라도 견딜 수가 없어요. 오히려 저는 섭혼술에 당하고도 그걸 끝까지 기억해 내는 오을신이 더 대단하다고 생각해요."

그녀의 부드러운 말에 원화는 조금이나마 자신을 되찾은 모양이었다.

그는 자책을 멈추고 고개를 들어 미후신을 바라보며 말했다.

　"아마 그 계집년은 곧장 이곳으로 왔을 것이오. 무슨 속셈인지는 모르겠지만 분명 미후신의 야시에 모습을 드러낼 터이고……. 내 이름을 걸고 그 계집년에게 복수할 것이오."

　그는 이를 갈며 말하다가 문득 미후신을 향해 고개를 숙이며 말을 이었다.

　"그러니 부탁하오. 비록 관례에 없는 일이지만 내가 미후신의 야시에 합류할 수 있도록……."

　"당연하죠. 오을신께서 설욕할 기회를 드려야죠. 무엇보다 그녀의 얼굴을 아는 사람은 오직 오을신뿐이니까요."

　미후신은 달콤하게 웃으며 말했다.

　평소의 원화라면 나긋나긋한 그녀의 몸매와 보드라운 살결을 보며 음심(淫心)이 동할 법도 했지만, 워낙 상황이 상황이다 보니 다른 생각은 전혀 들지 않았다. 그는 다시 한 번 고개를 숙여 감사의 뜻을 표했다.


　그날 저녁.
　원화는 미후신과 함께 천중산으로 향했다.

그들의 주변에는 이른바 야경이라 불리는 무사들이 엄중하게 호위를 하고 있었고, 또한 천중산 일대에는 벌써 백여 명에 가까운 야경이 천하대평결계진(天下大平結界陣)을 펼쳐서 외부인들의 접근을 철저하게 막고 있었다.

원화와 미후신이 야시 입구에 모습을 드러내자 두건을 쓴 자들이 일제히 허리를 숙이며 인사했다. 미후신은 부드러운 어조로 물었다.

"별일 없느냐?"

"네. 현재까지는 아무런 이상이 없습니다. 객관(客官)들을 받을 만반의 준비가 되어 있습니다. 몇몇 노고주께서는 벌써 입장하셔서 장터를 둘러보고 있습니다."

객관이란 원래 손님을 높여 부르는 말로써, 단골손님의 경우에는 따로 노고주(老顧主)라고 부르기도 했다.

야사는 아직 개장 전, 야시가 열리는 공터 쪽에는 제단과 임시 천막이 들어서고 좋은 자리를 차지하려는 상인들로 북적거렸다.

미후신은 공터 쪽을 힐끗 바라본 후 다시 두건 쓴 자들을 돌아보며 말했다.

"삼십대 초중반의 여인이 올 것이다. 꽤나 아름답고 풍염(豊艶)한 자태의 여인인지라 한눈에 알아볼 수 있을 것이다. 만약 그녀가 온다면 곧바로 내게 연락을 취하도록."

"알겠습니다."

미후신은 원화를 바라보며 말했다.

"그럼 우리는 위로 올라가서 그녀가 올 때까지 기다리도록 하죠."

"알겠소."

원화는 그녀를 뒤따라 공터로 향했다.

공터 뒤쪽으로는 장정 어깨 높이의 풀들이 병풍처럼 둘러쳐져 있었는데, 그 풀밭을 따라가다 보면 공터가 한눈에 내려다보이는 낮은 구릉이 있었다.

그 구릉 위에도 임시 막사들이 세워져 있었다. 바로 미후신을 비롯한 이곳 야시를 주관하는 이들이 머무는 곳이었다.

미후신의 막사에는 두 명의 귀엽고 깜찍해 보이는 소녀가 대기하고 있었다. 그녀들은 미후신과 원화가 막사로 들어서자 하늘하늘한 허리를 구부리며 꾀꼬리 같은 목소리로 인사했다. 그리고는 의자를 빼서 미후신과 원화가 자리에 앉도록 도와주고 또 재빨리 찻주전자를 가져와 차를 따랐다.

그 후로도 한 소녀는 원화의 곁을 떠나지 않은 채 말린 과육을 손으로 집어 그의 입에 먹이거나 혹은 그의 어깨를 주무르는 등 온갖 시중을 들었다.

그 시중 덕분이었을까.

아니면 이제 자신을 농락한 계집에게 복수할 수 있겠다는 생각 때문이었을까.

긴장한 듯 딱딱하게 굳어 있던 원화의 표정이 점차 느긋하게 변해가고 있었다.

그는 소녀를 힐끗거리며 그녀의 가슴과 엉덩이를 바라보았고 또 우연처럼 손을 내밀어 그곳을 만지기도 하였다.

그럴 때마다 소녀는 살짝 몸을 비틀었지만 절대로 그의 손길을 피하지 않았다.

외려 그녀는 차를 따를 때마다 과하다 싶을 정도로 허리를 숙여서 뽀얀 살결의 젖무덤이 보이게 하였고, 또 원화의 곁을 지나칠 때에는 그의 어깨에 살짝살짝 몸을 부비기도 했다.

원화의 굵은 목젖이 꿈틀거렸다.

미후신이 웃으며 자리에서 일어났다.

"제대로 일들을 하고 있나 잠시 돌아보고 올게요. 그동안 오을신께서는 조금 쉬고 계세요."

그녀는 제 시녀와 함께 막사 밖으로 나갔다. 원화가 답답하다는 듯이 중얼거렸다.

"허허, 이것 참."

그러면서 원화는 손을 내밀어 소녀의 허리를 끌어당겼다.

소녀는 못 이기는 척, 혹은 기다렸다는 듯이 원화의 무릎 위로 엎어졌다. 그녀의 손이 원화의 아랫도리를 건드렸다.

원화의 물건이 팽창할 대로 팽창했다.

"어머나……."

소녀는 조그만 소리로 속살거렸다. 그리고는 빙어처럼 하얗고 가느다란 손가락을 꼬물꼬물 움직여서 원화의 바지끈을 풀어 내렸다.

소녀가 도톰한 입술을 크게 벌려 원화의 그것을 한입에 집어삼켰다.

"으음!"

원화는 다리에 힘을 주면서 자신도 모르게 그녀의 머리를 짓눌렀다.

소녀의 머리가 천천히 움직였다.

원화는 눈을 감은 채 그녀의 입술과 혀의 움직임에 빠져들었다.

어린 계집치고는 상당히 훈련이 잘 되어 있는 듯, 소녀의 움직임은 꽤나 절묘하고 능수능란했다.

막사 안의 공기가 후끈 달아오르기 시작했다.

## 2. 야흔(夜痕)

"정말 바보 같은 노인네지 뭐니?"

시녀와 함께 수풀을 헤치며 공터로 향하던 미후신이 문득 피식 웃으며 중얼거렸다. 조금 전까지 보여주었던 위엄 넘치는 모습과는 달리 그녀는 마치 소녀처럼 짓궂은 표정을 지으며 말을 이었다.

"어쩜 저렇게 여색을 밝힐까? 색혼공에 빠져서 본 회의 비밀을 다 토해낸 주제에 창피함도 모르고 또 계집의 속살에 취하다니 말이지."

시녀는 아무 말 없이 등불을 든 채 길을 밝혔다. 우거진 수풀 사이로 좁은 길이 나 있었다. 시녀와 미후신은 그 길을 따라 공터에 당도했다.

이미 장은 열렸다. 공터에는 수많은 상인과 손님이 한데 어우러져 물건을 사고팔았다.

미후신의 모습을 본 야경들이 묵례를 하거나 허리를 숙이며 인사했다.

미후신은 고개를 까닥거리면서 산책하듯 걸었다.

멀리서 고돈웅(高敦熊)의 목소리가 쩌렁쩌렁하게 들려왔다.

"제대로 보여 드리란 말이다! 그리고 그렇게 가린다고 그 풍성한 젖가슴이 가려질 것 같더냐? 또 다리 꼬아봤자 네년의 그 흐벅진 허벅지가 안 보이더냐? 그러니 똑바로 서서 네 주인이 될 분을 찾으란 말이다!"

체구에 걸맞은 목소리. 게다가 손님들의 흥취를 이끌어 낼 줄 아는 입담.

그래서 미후신은 그에게 야시가 직접 취급하는 물품 중에서도 가장 중요한 걸 맡긴 것이다.

미후신은 인신매매가 한창인 제단 쪽을 힐끗 보고는 다시 걸음을 옮기려 하다가 문득 제자리에 멈췄다.

그리고는 제단 쪽에서 걸어오고 있는 한 사내를 유심히 쳐다보았다.

평범한 체구의 평범한 외모를 지닌 사내였다.

하지만 그의 걸음걸이는 매우 규칙적이며 또한 안정적이었다.

허리는 낮았고 보폭은 일정했으며 자세는 균형이 잘 잡혀 있었다.

'고수네.'

그것도 절정에 이른 고수.

미후신의 눈빛이 반짝였다.

물론 야시에는 상인이나 일반 고관대작만 손님으로 오는

게 아니었다. 강호무림의 절정고수들 또한 야시의 중요한 손님이었다.

가령 화산파의 장문인 같은 경우에는 야시가 열릴 때마다 들려서 자신이 원하는—남들에게는 결코 말할 수 없는—물건을 사 가지고 돌아가기도 했다.

그러니 저 사내가 절정고수라는 점이 문제는 아니었다. 문제는 따로 있었다.

예전부터 야시를 찾는 절정고수들은 다른 고관대작이나 거상과 마찬가지로, 야시의 중요 고객으로 집중 관리를 하고 있었다.

그들의 용모파기는 물론, 취향, 성격, 습성 등 모든 정보를 입수하여 기록했다.

그리고 미후신의 머릿속에는 그 수많은 인물의 정보가 빼곡하게 정리되어 있었다. 하지만 저 사내는 그녀의 기억에 없었다.

미후신은 혹시나 하는 생각에 사내가 멀어지는 동안 자신의 기억을 더듬어보았지만 역시 아무런 단서도 떠오르지 않았다.

생전 처음 접하는 인물이었다. 근 오 년 이내로 저런 외모의 절정고수가 야시를 찾았다는 기록은 그녀의 머릿속에 들어 있지 않았다.

그녀는 마침 지나가는 야경 한 명을 불렀다. 야경이 빠르게 다가와 허리를 굽혔다.

"야흔(夜痕)을 불러와라."

야흔은 야시 입구에서 손님들의 신분을 확인하던 사내로, 이곳 야경의 우두머리였다.

그녀의 말에 야경은 곧바로 몸을 돌려 공터 저편으로 달려갔다.

잠시 후 두건을 쓴 사내 한 명이 다가와 허리를 숙이며 공손히 말했다.

"부르셨습니까?"

미후신은 공터 귀퉁이에서 한 늙은이와 흥정을 하고 있는 사내를 가리키며 물었다.

"누구지?"

야흔은 그를 돌아보고는 기억을 더듬으며 대답했다.

"환희루주 염요라는 분이 데리고 온 객관이십니다."

"환희루주 염요?"

미후신은 고개를 갸웃거렸다.

"우리 지역 객관이 아닌가 보네."

"그렇습니다. 강서의 남창에서 오셨습니다. 그 일대에서는 꽤 유명한 고급 청루의 주인이십니다."

청루의 주인이라. 오호.

미후신의 눈빛이 다시 한 번 반짝였다.

사업이나 공무 혹은 개인적인 일로 여행을 하던 자들이 타 지역의 야시에 들리는 건 종종 있는 일이다. 혹은 자신의 신분을 감추기 위해 일부러 다른 지역의 야시를 찾는 이들도 적지 않았다.

하지만 청루의 여주인이 알려지지 않은 절정고수를 데리고 다른 지역의 야시를 찾는 건 흔치 않은 일이었다. 게다가 때마침 오을신이 색혼공에 홀려서 이곳 야시에 대한 정보를 누설하지 않았던가.

'그 환희루주라는 계집일 가능성이 높군그래.'

미후신은 즐겁다는 듯이 웃으며 고개를 끄덕였다. 그리고 시녀를 돌아보며 말했다.

"가서 오을신을 모셔와라. 짐작이 가는 여인을 찾았다고 말하면 될 것이다."

"알겠습니다."

시녀가 왔던 길을 되돌아갔다. 야흔의 안색이 살짝 변했다.

그는 황급히 고개를 숙이며 말했다.

"죄송합니다."

"뭐가?"

미후신이 그를 돌아보며 의아하다는 듯이 물었다. 야흔

이 낮은 목소리로 잘못을 빌었다.

"환희루주가 미후신께서 찾던 여인인 줄 미처 몰랐습니다. 면사로 얼굴을 가리고 있었고, 또한 사내와 함께 왔기에 그만……."

"아니, 아직 확실하지는 않으니까. 그렇게까지 난처해할 필요는 없어."

미후신은 건장한 야혼의 어깨를 쓰다듬듯 매만지며 부드럽게 말했다.

그리고는 주변을 슬쩍 돌아보고는 야혼의 가까이 다가가 그의 이마에 가볍게 입술을 대고는 떨어졌다. 야혼의 얼굴이 살그머니 달아오를 때 그녀는 평소처럼 차분한 얼굴로 그를 바라보며 말했다.

"그럼 환희루주 염요가 누구인지 안내하라. 얼마나 아름다운지 얼굴을 보고 싶구나."

"따라오시죠."

야혼은 아쉬운 마음을 감추며 앞장섰다.

*　　*　　*

"저 계집이오!"

오을신이 이를 갈며 낮은 소리로 외쳤다.

비록 면사로 얼굴을 가리기는 했지만 그 요염하고 뇌쇄적인 몸매만큼은 숨길 수가 없었다.

인신매매로 한창 열기가 뜨거운 제단 아래쪽에 한 사내와 함께 서 있는 여인을 바라보며, 오을신은 당장에라도 달려가 그녀의 사지를 찢어발길 기세로 눈을 부라렸다.

미후신이 차분한 어조로 말했다.

"야혼. 가서 저 두 사람을 데리고 오너라. 다른 손님들에게 폐가 되지 않게 주의하고."

명령을 받은 야혼은 곧 다른 야경들을 이끌고 염요의 뒤로 다가가 낮은 목소리로 말했다.

"실례하오."

사내와 여인이 동시에 뒤를 돌아보았다.

야혼 일행을 확인한 사내가 언짢은 듯한 표정을 지으며 물었다.

"무슨 일이오?"

야혼이 대답했다.

"잠시 우리와 같이 가주셔야 되겠소."

여인이 환하게 웃으며 말했다.

"지금 저 경매에서 반드시 사야 하는 물건이 있는데…….
조금만 기다려 주시면 안 되겠나요?"

부드럽고 달콤한 미소와 말투. 일순 야혼의 시야가 흐릿해지며 그녀의 얼굴이 시야 가득 들어왔다. 동시에 그는 입술을 질끈 깨물었다.

쌉쓸한 핏물이 입안으로 흘러들었다. 정신이 번쩍 들었다.

'섭혼술!'

미후신에게 미리 이야기를 전해 들은 게 다행이었다. 확실히 그녀의 섭혼술은 놀라운 경지에 이르러 있었다. 단단히 방비하고 있었음에도 불구하고 하마터면 염요의 섭혼술에 걸려들 뻔했다.

그는 어깻짓을 했고 동시에 수하들이 몸을 날려 사내와 염요 주위를 에워쌌다.

"이곳에서 피를 뿌리기 싫으면 순순히 따라와라."

야혼은 냉랭하고 차갑게 말했다. 그와 야경들이 뿜어내는 살기로 주변 공기가 축축하게 젖어들었다.

그 너머에서 배불뚝이 중년인이 외치는 소리가 희미하게 들려왔다.

"자, 두 번째 계집입니다! 손에 끼고 있는 청옥환(靑玉環)을 보시면 아시겠지만 이 계집은 금릉의 대갓집에서 고이 자란 규수로……."

바로 그때였다.

염요의 곁에 서 있던 사내의 눈빛이 시뻘겋게 물들기 시작했다.


## 3. 청옥환


청옥환.

그것은 담우천의 아내 자하가 처녀 시절부터 끼고 있었던 쌍가락지였다.

자하는 혼인 증표로 쌍가락지 중 하나를 담우천에게 주었으며 그 반지는 지금 그의 목에 목걸이처럼 걸려 있었다.

그리고 남은, 그러니까 자하가 언제나 끼고 있던 반지가 저 낯선 여인의 손가락에 끼어져 있는 것이다.

"자, 두 번째 계집입니다! 손에 끼고 있는 청옥환(靑玉環)을 보시면 아시겠지만 이 계집은 금릉의 대갓집에서 고이 자란 규수로……."

배불뚝이 중년인의 외침이 들려오는 순간 담우천의 눈이 새빨갛게 물들었다. 무공을 익힌 후 처음으로 그는 이성을 잃었다.

"비켜라!"

담우천은 가슴속 깊은 곳에서 끓어오르는 듯한 목소리를 내뱉으며 앞으로 걸어 나갔다. 일순 야경들이 그를 에워싸며 검과 칼을 빼 들었다.

"컥!"

"으윽."

낮은 비명과 신음이, 담우천의 앞을 가로막던 자들의 입에서 거품처럼 흘러나왔다.

어느새 그들의 목에는 구멍이 뚫려 있었고, 그 조그마한 구멍에서 시뻘건 핏물이 꾸역꾸역 밀려나왔다. 저 가공할 신위를 자랑하는 무극섬사가 그 짧은 순간에 펼쳐진 것이다.

"어디서 감히!"

수하 두 명이 꼬꾸라지는 걸 지켜보던 야흔이 소리치며 덤벼들었다. 동시에 십여 명의 야경이 동시에 무기를 휘둘렀다.

새하얗고 새파란 섬광들이 담우천의 전신을 난도질했다.

하지만 때는 이미 늦었다. 섬광들에 의해 난도질당한 담우천의 전신이 흐릿해지는가 싶더니 이내 거짓말처럼 연기 같이 사라진 것이다.

"이런!"

놀란 야흔이 시선을 돌리며 담우천을 찾았다.

애당초 담우천은 그 자리에 존재하지 않았다.

그는 자신의 앞을 가로막던 자들의 목에 구멍을 내는 동시에 지면을 박차고 제단을 향해 쏜살처럼 몸을 날렸던 것이다.

원래 서 있던 자리에는 한줄기 잔영이 그림자처럼 남겨지는 가운데, 담우천은 어느새 십여 장 거리를 격하고 단숨에 제단 위로 뛰어내리고 있었다.

그야말로 빛보다 빠른 신법, 담우천의 다섯 절기 중 하나인 폭광질주섬(爆光疾走閃)의 진정한 위용이 펼쳐진 것이다.

"개, 객관. 이러시면……."

그 느닷없는 난입에 깜짝 놀란 중년인이 말을 더듬었다. 담우천은 상관하지 않고 제단에 늘어서 있는 반라의 여인들을 향해 터벅터벅 걸어갔다.

그리고 청옥환을 끼고 있던 여인을 바라보며 닦달하듯 입을 열었다.

"그 반지는?"

십대 후반이나 이십대 초반으로 보이는, 아직 소녀의 풋풋한 기가 가시지 않은 용모와 체구를 가진 여인은 아무 말 없이 담우천을 쳐다보았다. 그동안 얼마나 지독한 일을 당했는지 반쯤 넋을 놓은 눈동자에 공포와 두려움의 빛이 잔뜩 깔려 있었다.

담우천은 이성을 잃은 와중에도 그녀가 자신을 겁내고 있다는 사실을 파악하고는 조금 더 부드럽게 목소리를 냈다.

"원래 그 반지를 소유했던 여인의 남편이오. 그러니 부탁하오. 그 반지를 그대에게 준 여인은 지금 어디 있소?"

그는 여인을 바라보는 시선 가득 절실한 눈빛을 담고 물었다.

하지만 여인은 여전히 멍한 눈빛으로 담우천을 쳐다보았다.

제단 아래쪽에서는 한바탕 싸움이 일어난 상태였다. 뒤늦게 담우천이 제단에 있는 걸 보고 달려가려는 야혼의 무리와, 그들 앞을 장판교의 장비처럼 버티고 서서 단 한 명도 자신을 지나치지 못하게 막고 있는 나찰염요 간의 싸움이 치열하게 이뤄지고 있었다.

그 바람에 제단 주변 공터에 모여 있던 객관들은 다들 두 손으로 머리를 감싸 쥔 채 사방으로 뿔뿔이 흩어졌고 반면 다른 구역의 손님들은 무슨 일이 일어났나 하며 슬금슬금 다가와 구경하려 했다.

그때였다.

"다들 물러서십시오!"

백여 명에 가까운 야경이 사방에서 튀어나와 그들의 앞

을 가로막았다.

몇몇 야경은 공손한 어조로 객관과 상인들을 설득하여 뒤로 물러나게 했으며 다른 야경들은 크게 원을 두르며 제단 주변에 천라지망을 펼쳤다.

그 사이로 오을신과 미후신이 모습을 드러냈다. 그들은 제단과 이십여 장 정도 떨어진 곳에 선 채로 나찰염요와 담우천을 번갈아 바라보았다.

"제발 부탁이오."

담우천은 여인의 손을 잡으며 나직하게 소곤거렸다. 그의 손에서 뜨거운 기가 흘러나와 여인의 맥을 통해 스며들었다.

여인은 차지러지듯이 진저리를 쳤다.

일순 여인의 불투명하던 눈빛이 맑게 변했다. 담우천의 기로 인해 제정신이 든 모양이었다.

담우천이 다시 물었다.

"그 반지의 임자는 어디 있소? 어떻게 되었소? 왜 당신에게 반지를 준 것이오?"

"반지……."

여인은 기력이 쇠한 목소리로 중얼거리며 제 손가락을 내려다보았다.

푸르스름하게 빛나고 있는 청옥환.

순간 그녀의 눈가에 뿌연 안개가 스며들었다.

"그녀가⋯ 그녀가 줬어요."

여인의 말에 담우천은 저도 모르게 그녀의 팔을 힘껏 쥐었다.

그녀의 입에서 새된 비명소리가 흘러나왔다. 담우천은 팔을 놓아주며 재차 물었다.

"그녀는, 그녀는 지금 어디 있소?"

"죄송해요. 정말 죄송해요. 이 반지는 그녀에게서 빼앗은 게 아니에요."

여인은 착란을 일으키고 있었다. 그녀는 벌벌 떨면서 담우천에게 잘못을 빌었다. 담우천은 한숨을 내쉬며 다시 부드러운 어조로 말했다.

"미안하오. 화가 나서 그런 게 아니었소. 내 잘못이오. 조급하고 답답해서 그만 실수를 범했소. 나를 용서해 주시오."

여인은 벌벌 떨면서 담우천을 쳐다보다가 문득 고개를 갸웃거렸다.

"다, 당신은 누구죠?"

그제야 담우천이 그동안 자신을 괴롭혔던 무리들이 아니라는 걸 깨달은 모양이었다. 담우천은 나직하지만 확실한 어조로 힘주어 말했다.

"그 반지를 당신에게 준 여인의 남편이오. 그녀를 찾아서 먼 곳에서 왔소."

일순 여인의 얼굴이 일그러졌다. 그녀의 눈빛이 마구 흔들렸다.

순식간에 열두 가지나 되는 표정이 그녀의 얼굴 위로 쏟아져 내렸다.

"그녀는……."

그리고 어느 순간 그녀는 악랄한 눈빛으로 담우천을 노려보듯 쏘아보면서 말했다.

"그녀는 이미 죽었어요."

순간, 담우천은 그대로 돌이 되었다.

第二章
수라오절(修羅五絶)

담우천의 다섯 절기.

빛보다 빠르고 바람보다 표홀(飄忽)한 신법, 폭광질주섬.

바로 곁을 지나쳐도 알아차리지 못하는 보법, 둔형장신보.

일반적인 내공의 운용과는 전혀 다른 심법, 천지일여심법.

그의 성명절기라 할 수 있는 쾌검, 무극섬사.

그리고 마지막 하나가 바로 수라참쇄십이식(修羅斬碎十二結)

이었다.

## 1. 그녀는 이미 죽었어요

쿵!

둔중한 망치로 뒤통수를 내려친 듯한 충격과 고통!

눈앞이 까매졌고 정신이 아득해졌다. 방금 자신이 무슨 말을 들었는지 기억이 나지 않았다.

머릿속이 텅 빈 것만 같았다. 아무것도 생각나지 않았다.

"그녀는 이미 죽었어요."

죽었다니.

죽지만 않으면 된다고, 몇 번이나 스스로 되뇌고 또 되뇌었건만. 살아 있기만 하면 된다고, 다시 행복하게 살아갈 수 있을 거라고 생각했었는데.

은매당주 채담이 그녀의 정조를 가지고 격장지계를 펼쳤을 때에도 담담할 수 있었던 것은 바로 그 때문이었다. 육체가 더럽혀지는 건 얼굴에 때가 끼는 것과 똑같을 뿐이었다.

세수로 때를 씻어내듯이 사랑으로 더럽혀진 육체를 씻어낼 수 있었다.

담우천은 자신이 있었다.

그녀를 사랑하기 때문에, 또 그녀가 자신을 사랑하기 때문에 살아 있기만 하면 모든 걸 원래대로 되돌릴 자신이 있었다.

하지만······.

"그녀는 이미 죽었어요."

하늘이 무너지는 듯했다.

물론 그녀가 죽을 거라는 생각을 하지 않은 건 아니었다.

이곳까지 오는 동안 가끔씩 '그녀가 이미 죽었다면?' 하고 걱정하기도 했고 또 그러한 사실을 알게 된다면 어느 정도 충격을 받을 거라고도 생각했다.

하지만 정작 그 사실을 확인하게 되자 그것은 예상보다 더 큰 충격으로 다가와 그의 뒤통수를 강타했다.

모든 게 새하얗게 변했다. 아무것도 들리지 않고 보이지 않았다. 머릿속이 텅 빈 것처럼 아무런 생각도 들지 않았다.

오직 청옥환을 낀 여인의 표독한 외침이 끊임없는 메아리가 되어 그 텅 빈 공간 속을 떠돌고 있었다.


"그녀는 이미 죽었어요. 그녀는 이미 죽었어요. 그녀는 이미 죽었……."


담우천은 저도 모르게 비틀거렸다. 다리에 힘이 풀리고 온몸의 기력이 한꺼번에 빠져나갔다. 제대로 숨을 쉴 수 없을 정도로 숨이 막혔다.

바로 그때, 그의 앞에 서 있던 여인이 쐐기를 박듯 입을 열었다.

마치 자신을 구하러 온 사람을 대하듯, 그녀는 원념과 절망이 가득 담긴 눈으로 담우천을 쏘아보며 한 맺힌 절규를 내뱉었다.

"왜 이제야 찾으러 왔는데요?"


## 2. 회상 일(一)


그가 자하를 만난 곳은 술 취한 사람들로 정신없이 북적거리는 싸구려 술집이었다.

매캐한 연초 냄새와 연기들, 돼지기름으로 끈적거리는 탁자와 접시들, 하지만 그 가격들에 비해서는 꽤나 훌륭한 술과 요리가 있는 술집.

그때 그는 벗과 동료들을 잃고 목표를 잃어서 더 이상 살아갈 의욕조차 없는 상태였다.

다섯 동이의 백건아를 마셨지만 그는 취할 수가 없었다. 이럴 때면 무공을 익힌 게, 이런 몸이 된 게 원망스럽기 그지없었다.

마음대로 취하지도 못하는 몸. 본능적으로, 무의식적으로 술을 깨게끔 만들어진 육체.

고수들은 내공으로 주기(酒氣)를 없앨 수 있다. 하지만 굳이 의식하지 않는다면 내공을 사용하지 않음으로써 얼마든지 술에 취할 수도 있었다.

담우천은 달랐다.

그는 의도하지 않든, 의식하든 상관없이 취하지 않았다.

아주 어렸을 적부터 그렇게 수련해 왔기 때문이었다. 언제나 맑고 냉정한 의식을 잃지 않도록, 철저하게 몸과 마음을 단련시킨 덕분이었다.

여섯 동이째의 백건아가 모두 비워질 무렵이었다. 점소이가 한 동이의 백건아를 들고 와 탁자에 내려놓으며 말을 건넸다.

"이건 저희가 공짜로 드리는 술입니다."

많이 팔아줘서인가.

그건 아니었다.

담우천은 그저 우육면 한 그릇을 안주로 삼아서 싸구려 백건아 여섯 동이를 비웠을 뿐이니까.

"자리가 없어서 그러니 다른 손님과 합석해도 괜찮겠습니까?"

그렇지.

이게 공짜 술을 가지고 온 이유인 게다.

담우천은 아무렇게나 손을 흔들며 말했다.

"싫네. 혼자 있고 싶다."

"죄송해요."

맑은 목소리가 그의 등 뒤에서 들려왔다. 담우천은 저도 모르게 고개를 들었다.

그곳에, 그녀가 미안하다는 표정을 지은 채 서 있었다.

"요기만 때우고 갈 건데⋯⋯. 부탁드려요."

그녀가 아름다워서, 육감적이어서 담우천이 승락한 건 절대 아니었다. 담우천이 자신의 말을 번복하고 그녀와 합석을 한 것은 그녀에게서 사막의 향기가 느껴졌기 때문이었다.

보기 좋은 미소에 단정한 옷차림, 어딘지 모르게 귀한 집 여식일 것 같다는 기품이 느껴지는 외모와는 달리 그녀의 정신은 철저하게 메말라 보였다. 담우천에게 보여주는 미소도 그러했고 점소이에게 우육면 한 그릇을 주문하는 목소리도 그러했다.

그녀가 자리에 앉자 의자 주변으로 모래가 떨어지는 것만 같았다.

우울하고 외로운, 세상에 오직 홀로 남은 자만이 지니는 절대적인 고독감이 그녀의 전신에서 사향(麝香)처럼 풍겨져 나왔다.

그 고독한 향기를 느끼는 순간, 담우천은 저도 모르게 불끈 성욕이 일었다.

그녀를 자기 것으로 만들고 싶다는 동물적 욕구가 성난 불길처럼 일었다.

일순 담우천은 깜짝 놀랐다.

그러한 본능적 욕구는 있을 수 없는 일이었다. 취기와 마찬가지로 성욕 또한 그가 어렸을 적부터 철두철미하게 단련해 왔기 때문이었다.

그것은 그가 원하지 않는 이상 어떠한 상황에서라도 성욕이 생기지 않게 만들며, 또 그가 원하면 그 어떠한 상대를 앞에 두고서라도 제 물건을 발기시킬 수 있는 수련이었다.

그런 수련을 완벽하게 끝낸 담우천에게, 이렇게 자신이 원하지 않았음에도 불구하고 아랫도리가 불끈 일어서는 건 맹세코 처음 있는 일이었다.

역시…….

'은퇴할 때가 된 건가.'

그렇게 중얼거리던 담우천은 문득 씁쓸하게 웃었다.

여섯 동이의 백건아를 비울 때까지 결정을 내리지 못한 채 고민하고 있던 문제가, 한 여인의 등장으로 인해서, 그리고 그녀에게 성욕을 느꼈다는 것 하나만으로 해결된 것이다.

그것은 몇 날 며칠을 고민했다는 사실이 믿어지지 않을 정도로 알고 보니 간단한 일이었다.

그러한 사실을 깨달은 담우천은 모든 게 허탈하고 우습

게만 느껴져 하마터면 크게 웃음을 터뜨릴 뻔했다.

'좋아, 미련을 접자.'

사실 애당초 복수나 응징이라는 단어들은 담우천과 어울리지 않았다.

외려 담우천에게 복수를 다짐하고 응징하겠다는 자들이 더 많았으니까.

그런 의미에서 보자면 강호무림에서 살아가면서 시시콜콜하게 은원이니 응징이니 하는 것들을 따지는 건 확실히 어리석은 일이라 할 수 있었다.

담우천은 한결 개운해진 표정을 지으며 마지막 술잔을 비웠다.

그리고는 점소이가 공짜라고 가져온 한 동이의 술을 그대로 남긴 채 자리에서 일어났다.

그때, 그녀가 말을 건넸다.

"저 때문인가요?"

담우천은 그녀를 바라보았다.

스물 두엇 언저리의 그녀는 조금은 상기된 얼굴로 담우천을 쳐다보며 다시 말했다.

"만약 저 때문에 더 이상 마시지 않는 거라면 조금만 기다리세요. 저 다 먹어가거든요."

담우천은 살짝 이맛살을 찌푸리며 말했다.

"당신 때문이 아니오."

"그럼 왜 술을……."

그녀는 말꼬리를 흐리며 술동이로 시선을 돌렸다.

텅 빈 술동이가 여섯. 그걸 보면 결코 술을 마다하지 않는 사람이다. 그리고 목소리나 행동거지로 보건대 취한 것도 아니다.

그런데도 술이 가득 담긴 동이 하나를 남겨두고 자리에서 일어나는 건 확실히 술꾼답지 않은 행동이었다.

'그래서 자기 때문이라고 생각하나 보군그래.'

담우천은 그녀의 표정과 눈빛만으로도 무슨 생각을 하는지 알 수 있었다.

그는 뭐라고 이야기를 해야 할까 잠시 생각하다가 무심한 얼굴로 말했다.

"술은 마실 만큼 마셨소. 술을 마시면서 생각해야만 했던 일도 해결되었소. 그러니 더 이상 자리에 머무를 필요가 없는 거요, 당신 때문이 아니라."

"미안해요."

그녀는 사과했다. 담우천은 어이가 없어서 물었다.

"당신 때문이 아니라고 했는데 또 뭐가 미안하다는 것이오?"

그녀는 조금 겁에 질린 표정을 지으며 담우천을 쳐다보

왔다. 모르는 사람이 보면 담우천이 그녀를 윽박지르고 있는 것처럼 생각될 모습이었다.

"화내지 마세요."

그녀는 망설이다가 조그만 목소리로 말했다. 담우천은 더욱 어이가 없어졌다.

왜 지금 자신이 화를 낸다고 생각할까.

담우천은 잠시 그녀를 바라보다가 고개를 돌렸다. 그리고 아무런 말없이 그 자리를 빠져나갔다.

이상한 여인.

담우천은 그것으로 여인에 대한 기억을 지워 버렸다. 그게 그녀, 자하와의 첫 만남이었다.


## 3. 팔방괴멸진(八方壞滅陣)


"왜 이제야 찾으러 왔는데요?"

자하의 청옥환을 끼고 있는 여인이 책망하듯, 힐난하듯 소리쳤다.

그녀는 담우천을 두고 마치 자신을 찾아온 사람을 대하듯 표독스럽게 노려보면서 외쳤다.

"이제 와서 뭐하게요? 이미 모든 걸 잃었는데, 이미 돌아갈 수 없는 몸이 되었는데……. 왜 왔는데요?"

담우천은 말을 하지 않았다.

이미 그의 정신은 그곳을 떠난 지 오래였다.

그녀의 목소리는 모기가 앵앵거리는 것처럼 들려올 따름이었다.

자하가 죽었다는 소리에 그의 모든 것이 무너진 상태였다.

"담 대가!"

누군가 뾰족하게 외치는 소리가 텅 빈 담우천의 뇌리를 울렸다.

동시에 빠르고 날카로운 창 한 자루가 그의 등을 예리하게 파고들었다.

무기력하게 서 있던 담우천의 전신은 허점투성이였고, 창은 그 허점 한가운데를 찔러서 당장에라도 담우천의 등을 뚫고 나올 것만 같았다.

"위험해요!"

다시 한 번 뾰족한 목소리가 담우천의 귓전에 파고들었다.

넋이 나가 우두커니 서 있던 담우천은 본능적으로 몸을 틀었다.

아슬아슬하게 목표물을 놓친 창이 그의 옆구리를 스치고 지나갔다.

담우천이 손을 뻗어 가볍게 그 창을 낚아채나 싶더니 날아들던 방향으로 힘껏 들이밀었다.

"컥!"

창을 쥐고 담우천을 향해 공격을 퍼붓던 야경의 입에서 단말마의 비명이 터진 것은, 밀려든 창대 끝부분이 그의 복부를 관통하여 등을 꿰뚫고 튀어나온 순간의 일이었다.

그 단말마 때문이었을까, 아니면 코를 자극하는 지독한 피냄새 때문이었을까.

아니면 자신보다 담우천의 안위를 걱정하여 소리쳤던 여인의 목소리 때문이었을까.

일순 무기력함과 자책, 허탈과 허무로 뒤덮여 있던 모든 것이 썰물처럼 사라졌다.

담우천의 흐릿하던 눈빛이 원상태로 되돌아오는가 싶었다.

하지만 바로 그때 썰물처럼 빠져나갔던 것들을 대신하여 또 다른 감정들이 밀물처럼 밀려들었다.

무기력함과 자책감 대신 걷잡을 수 없는 분노와 증오심이, 허무와 허탈감 대신 감당할 수 없는 악의와 살기가 그 밀물과 함께 밀려들어 담우천의 전신을 휘감았다.

그의 몸속에 담겨 있던 내력들이 한순간에 폭발하며 피

어올랐다.

담우천의 눈동자는 시뻘겋게 달아오르며 악랄하고 잔악한 살기가 가득 담긴 눈빛이 줄기줄기 뻗어 나왔다.

"모두 죽여 버리겠다."

그는 눈을 부릅뜨고 사방을 둘러보았다.

어느새 제단 주변에는 오십여 명에 가까운 야경이 겹겹으로 에워싸고 있었다.

그 너머로, 야경들이 담우천에게 접근하는 것을 막다가 무리를 한 듯, 몸 곳곳에 피를 묻힌 채 서 있는 나찰염요도 보였다.

"비켜라!"

담우천은 자신을 향해 덤벼드는 향해 손을 휘두르면서 앞으로 걸어 나갔다.

바로 그 순간,

"컥!"

담우천을 향해 칼을 휘두르며 달려들던 건장한 체구의 야경이 목을 부여잡으며 꼬꾸라졌다. 어느새 그자의 목에는 구멍이 뚫려 있었고, 그곳으로부터 검붉은 피가 꾸역꾸역 밀려나왔다. 목을 부여잡고 꼬꾸라지는 그의 눈에는 어떻게, 언제 당했는지 도저히 알 수 없다는 의문이 새겨져 있었다.

그것이야말로 눈에 보이지 않을 정도로 빠른 쾌검, 무극섬사의 절대적인 위엄인 것이었다.

담우천은 나찰염요를 향해 걸어갔다. 여러 명의 야경이 그의 앞을 가로막았다.

하지만 담우천이 펼치는 무극섬사를 막을 수 있는 자는 없었다.

연거푸 신음이 터져 나오면서 야경들은 꿰다놓은 보릿자루처럼 싱겁게 쓰러졌다.

담우천은 땅바닥을 나뒹구는 그들의 곁을 거침없이 지나쳐 걸었다.

"뭐, 뭐냐, 저놈은?"

제단과 조금 떨어진 곳에서 그 광경을 주시하고 있던 오을신 원화의 턱이 떨어져 나갈 지경이었다.

미후신도 입술을 질끈 깨문 채 담우천에게서 시선을 떼지 않았다.

"보셨어요?"

미후신의 질문에 오을신은 고개를 흔들었다. 눈이 튀어나올 정도로 부릅뜨고 지켜보았지만, 놈이 언제 검을 빼 들고 휘둘렀는지 알 수 없었다.

"아니. 놈이 검을 쥐는 것조차 보지 못했소."

오을신의 말에 미후신도 고개를 설레설레 흔들며 대꾸

했다.

"저도 못 봤네요. 세상에 저런 쾌검이 있다니……."

오을신이나 미후신마저 전혀 볼 수 없을 정도로 빠른 쾌검!

그건 생각보다 놈이 훨씬 강하다는 뜻이었다. 당경급의 야경들을 단지 팔 한 번 휘두르는 것으로 죽이는 경지에 있는 초절정의 고수.

어쩌면 놈은 구파일방의 어지간한 장문인들보다 강할지도 몰랐다.

"작전을 바꿔야겠어요."

미후신이 창백한 낯으로 중얼거리고는 이내 그 예쁜 입술을 오므려 휘파람을 불었다.

길게, 그리고 짧게 두 번 끊어졌다가 다시 길게 한 번 이어지는 휘파람.

그 소리를 들은 야흔은 곧장 수하들을 향해 소리쳤다.

"팔방괴멸진(八方壞滅陣)으로 놈을 막아라! 그리고 남은 전력으로 이 계집부터 사로잡아라!"

동시에, 무질서하게 담우천을 향해 덤벼들던 야경들의 움직임이 바뀌었다.

그들은 재빨리 뒤로 물러나 전열을 가다듬더니 곧바로 담우천을 에워쌌다.

팔방괴멸진은 일반적인 원형진이 아니었다. 동서남북의 사방(四方)과 동북, 동남, 서북, 서남의 사우(四隅)를 이르는 말이 팔방이었다.

그 여덟 지역에 각각 네 명씩, 모두 서른여섯 명이 전진 후퇴, 좌우연계 등의 원활한 움직임을 통해 차륜전(車輪戰)을 펼치는 것이 바로 이 팔방괴멸진의 핵심이었다.

나찰염요와 십여 장 정도 떨어진 거리에서 팔방괴멸진에 에워싸이게 된 담우천이었지만, 그는 결코 걸음을 멈추지 않았다.

그의 얼굴은 악귀처럼 일그러져 있었고 살기 가득 담긴 그의 눈은 지옥에서 온 수라와 같았다.

"네놈들이 자하를 죽였다."

담우천은 자신의 앞을 가로막고 버티는 자들을 향해 걸어가며 으르렁거렸다.

상처 입은 맹수가 이리저리 어슬렁거리며 폐부 깊숙한 곳에서부터 끌어올려 내는 듯한 소리.

"그러니 모두 죽여주마."

그가 전진하자 동남쪽 방위에 서 있던 네 명이 뒤로 물러났다.

더불어 동쪽과 남쪽 방위의 여덟 명이 간격을 좁히고 들어서며 담우천을 공격해 왔다. 매서운 칼바람이 담우천의 전신을 파고들었다.

담우천은 여덟 명의 움직임을 도외시했다. 그는 오직 자신의 앞을 가로막고 서 있는 네 명을 노려본 채 손을 뻗었다.

그와 네 명의 거리는 이삼 장 간격, 팔과 검의 길이를 합쳐도 도저히 닿을 수 없는 간격임에 분명했다.

그러나 반응은 있었다.

담우천이 손을 뻗는 순간 그의 손에는 한 자루 검이 쥐어져 있었고, 그것은 고무줄이 길게 늘어나는 듯한 착각을 일으키며 상대의 목젖을 꿰뚫었다.

"컥!"

야경 하나가 신음을 삼키는 듯한 소리를 내며 꼬꾸라졌다.

동시에 담우천의 몸에서 피가 튀고 살점이 떨어져 나갔다.

양쪽 옆 방위에서 휘둘러온 칼과 검이 그의 전신을 훑고 지나간 것이다.

담우천은 신음 한 방울 흘리지 않았다. 좌우의 여덟 명을 향해 몸을 돌리지도 않았다.

그는 그저 앞만 바라보고 뚜벅뚜벅 걸어가는 무소처럼, 오로지 동남쪽 방위를 지키고 있는 세 명의 야경을 향해 다가가며 검을 내질렀다.

그가 다시 한 번 손을 뻗자 어김없이 한 명의 목젖에 구
멍이 났다.

남은 두 명의 안색이 급변했다. 그들의 대응방법에는 지
금 담우천이 보여주는 행동이 없었던 것이다.

자신들이 뒤로 물러나며 적을 끌어들이면 다른 방위의
동료들이 삼면에서 공격한다.

적이 그걸 막거나 피하느라 전진을 멈추면 물러났던 자
신들이 다시 역습을 취한다.

그렇게 들고 나감이 원활하게 이뤄지는 동안 적은 크고
작은 부상 속에서 기력을 잃고 싸우려는 의지도 사라지게
된다.

그게 팔방괴멸진의 묘리였으며, 또한 진을 구성하는 자
들의 행동 원칙이었다.

또 그러한 수법으로 지금껏 단 한 번의 실패도 하지 않았
던 팔방괴멸진이었다.

하지만 지금 이 담우천이라는 자는 지금껏 팔방괴멸진으
로 상대했던 적들과 전혀 달랐다.

그는 자신의 몸에 상처가 새겨지고 부상당하는 걸 전혀
두려워하지 않았다.

삼면에서 퍼붓는 공격을 도외시하고 오로지 정면의 야경

58  낭인천하

들만을 노리고 다가왔다.

'이대로 물러서기만 하면 죽고 만다.'

한 걸음씩 다가오는 담우천을 보면서 그들의 뇌리에 떠오른 생각이었다.

절대적인 압박감이 담우천의 발걸음에서 밀려오고 있었다.

그리고 그 절대적인 압박감은 그들에게 지금껏 단 한 번도 느끼지 못한 무한한 공포와 두려움을 주었다. 마치 산중대왕 호랑이와 마주한 늑대들처럼 그들은 어쩔 줄 몰라 하고 있었다.

그래서였다.

동남쪽 방위를 지키고 있던 두 명의 야경은 저도 모르게 커다란 고함을 내지르면서 담우천을 향해 공격을 감행했다.

끝까지 뒤로 물러나면서 적을 끌어들여야 할 임무를 지닌 그들이, 정면으로 밀려드는 공포와 두려움 압박감을 견디지 못한 채 임무를 포기하고 정면승부를 한 것이다.

하지만 그 승부는 어이없을 정도로 간단하게 끝났다.

담우천은 여전히 수라의 화신인 양 붉게 달아오른 눈빛으로 두 사내를 노려보면서 손을 뻗었다.

그 손끝에서 가늘고 기다란 백광(白光)이 연달아 두 번 뻗어 나왔고, 거의 동시에 그 두 명의 야경은 피를 뿌리며 바닥에 꼬꾸라졌다. 그것으로 동남쪽 방위가 뻥 뚫리고 말았다.

믿을 수 없는 일이 벌어지고 있었다. 이른 바 문경급 이상의 고수를 포획하기 위해 만든, 지금껏 단 한 번도 실패한 적이 없는 팔방괴멸진이 순식간에 무너지고 있는 것이다.

물론 그 와중에 담우천도 무사하지는 못했다. 오로지 일점돌파만을 고집한 까닭에, 삼면의 공격을 고스란히 받아낸 그의 전신은 붉은 선혈로 낭자했다.

만약 그를 향해 짓쳐 들어오는 살기에 본능적으로 반응을 하지 않았더라면, 그래서 자신의 의지와는 상관없이 반사적으로 둔형장신보를 펼치며 스스로를 보호하지 않았더라면, 아마 담우천은 지금쯤 제대로 서 있을 수 없을 정도의 중상을 입었을지도 모르는 일이었다.

본능이었다, 그것은.

담우천이 전혀 의도하거나 의식하지 않은 상태에서 스스로를 지키기 위해 펼쳐진 움직임이었다.

채 열 살도 되지 않은 어린 시절부터 이십 년 가까이 불철주야 수련하여 몸에 익혔던 움직임들이, 또 정사대전 동안 겪은 수많은 위험과 생사의 갈림길에서 단련된 육감과 방어기제를 통해 저절로 펼쳐진 것이었다.

그렇게 단번에 한 방위를 무너뜨린 담우천은 나찰염요를 향해 곧장 전진하나 싶더니, 이내 방향을 틀었다. 동시에 그의 신형이 사람들의 시야에서 사라졌다.

"허억! 어디로……."

야경들이 움찔하는 순간, 우측에서 달려들던 그들의 한복판에서 진한 흙먼지와 함께 담우천이 모습을 드러냈다.

빛보다 빠르다는 폭광질주섬!

그의 느닷없는 출현에 당황한 야경들이 당황하며 진형을 무너뜨릴 때, 담우천은 그 무리의 한복판에서 회오리를 일으키며 팽이처럼 휘돌았다.

그의 검에서 뻗어 나오는 빛줄기가 사방을 휘감는 가운데 네 명의 야경은 동시에 비명을 내지르며 나가떨어졌다.

네 명의 야경이 사방으로 나동그라진 정중앙, 회오리를 일으키던 흙먼지가 가라앉는 가운데 담우천의 우뚝 선 모습이 명료하게 보이기 시작했다.

모래사막을 휘감는 용권풍(龍捲風)을 꿰뚫고 천천히 걸어 나오는 사신과 같은 위엄과 살기가 그의 전신에서 뿜어져 나왔다.

누구 하나 움직이는 사람이 없었다.

겨우 눈 한 번 깜빡일 정도의 짧은 순간에 벌어진 일이었다.

그리고 그것은 팔방괴멸진의 다른 야경들마저 부지불식간에 멈춰 서서 멍하니 쳐다보게 만들 정도로 강렬한 충격과 공포로 다가오고 있었다.

"미, 믿을 수 없어……."

애써 침착함을 유지하고 있던 미후신도 마찬가지였다.

야경들이 누구인가.

야시에서 수집한 소년소녀들 중에서 기재가 있다고 판명된 아이들만 골라 상부로 보내면, 그곳에서 십여 년 넘게 무공을 가르치고 수련을 쌓게 하여 만들어낸 정예들 중 일부가 바로 야경이었다.

그들은 구파일방보다 훨씬 오래된 전통과 역사를 지닌 이 조직에서 전략적으로 키우고 만들어낸 무사들이었다. 최소한, 개개인의 무공과 실력이 당경급 이상이라는 평가를 받는 자들이었다.

그런 야경들이 추풍낙엽처럼 쓰러지고 있는 것이다. 저 시골 촌부처럼 생긴 평범한 자의 손길에 의해.

도대체 누구인가.

어떤 자인가.

그리고 왜 지금 저렇게 미친 듯 발광을 하는 것일까.

담우천을 바라보는 미후신의 눈빛은 태풍을 맞은 나뭇가지처럼 쉴 새 없이 흔들리고 있었다.


## 4. 수라오절(修羅五絶)


이십여 년 동안 제법 많은 무공을 배웠지만 그중에서 담우천은 다섯 개의 무공을 집중적으로 익혔다.

이른바 동료들이 수라오절(修羅五絶)이라 부르는 다섯 가지 절기.

그 하나가 순간적으로 압도적인 속도를 낼 수 있는 신법, 폭광질주섬이었다.

단거리로만 따지자면 그 어떤 신법보다 빠르고 바람처럼 표홀(飄忽)한 신법.

수라오절의 또 다른 하나는 바로 곁을 지나쳐도 알아차리지 못하는 보법, 둔형장신보였다.

공간과 공간의 사각, 시야의 사각을 이용하여 상대에게 전혀 눈치채이지 않고 등 뒤로 돌아갈 수 있는 보법이 그것이었다.

일반적인 내공의 운용과는 전혀 다른 심법, 천지일여심법이 수라오절의 세 번째 절기였다. 일반적인 심법보다 두

배 이상의 효능을 자랑하며 또 무극섬사를 펼칠 수 있게 만드는 기본 원동력이 되는 심법이 바로 천지일여심법이었다.

그리고 더 이상 설명이 필요 없는, 그의 성명절기라 할 수 있는 쾌검, 무극섬사가 수라오절의 네 번째 절기였으며 마지막 하나가 바로 수라참쇄십이결(修羅斬碎十二結)이었다.

열두 개의 초식이 각각 독립된 열두 개의 검법으로 완성되어 있고, 검으로 펼치되 칼보다 살상력이 강하고 창보다 파괴력이 뛰어난 검법이 바로 수라참쇄십이식이었다.

조금 전 뿌연 흙먼지 속에서 담우천이 낮은 자세로 회전하며 단 한순간에 적 네 명의 다리를 모두 베어버린 일검은 그 수라참쇄십이결 중 하나인 용권천지참결(龍卷天地斬結)이었다.

말 그대로 용권풍처럼 하늘과 땅을 가르고 베는 검법이 바로 용권천지참결, 그 가공할 위력이 십여 년 만에 다시 세상에 드러난 것이었다.

하지만 그의 수법을 보고 수라참쇄십이식을 떠올린 자는 아무도 없었다.

당연한 일이었다. 지금껏 담우천의 수라참쇄십이식을 견디고 살아남은 자는 단 한 명도 없었고, 그랬기에 그의 이

러한 수법을 알고 있는 자 또한 전무하다시피 했기 때문이
었다.


*       *       *


단 일검에 네 명의 야경을 해치운 담우천은 거칠 것이 없
었다.

그는 남쪽 방위의 야경들을 향해 고개를 돌렸다. 시선이
마주치는 순간, 언제나 무표정하기만 하던 야경들이 움찔
놀라며 뒤로 주춤 물러났다.

믿을 수 없는 일이었다.

오랜 수련을 통하여 이미 모든 감정을 제어하고 감출 줄
알게 된 야경들이 걷잡을 수 없는 공포와 두려움에 떨고 있
었다.

지금 그들의 눈에는 담우천의 등 뒤로 자신들을 노려보
고 있는 거대한 수라의 모습이 환각처럼 보이리라. 또 그
뒤로는 검붉은 화염에 휩싸인 지옥의 입구가 활짝 열려 있
는 모습도 보일 것이다.

도저히 감당할 수 없는 거대한 공포를 마주했을 때 과연
사람들은 어떤 표정을, 어떤 행동을 보일까. 바로 지금 담
우천을 마주하고 서 있는 야경들의 모습을 보면 알 수 있으

리라.

바로 그 순간이었다.

그때까지 나찰염요를 상대하던 야혼의 입에서 거센 사자후(獅子吼)가 터져 나왔다.

"멈춰라!"

동시에 그는 십여 장의 거리를 단숨에 날아가 담우천의 앞을 가로막고 우뚝 섰다.

야혼은 주변을 돌아보며 다시 한 번 사자후를 터뜨렸다.

"뭣들 하는 거냐, 너희들은!"

거칠고 투박한 외침이었다. 하지만 그의 사자후는 공포로 물들어 있던 야경들의 정신을 일깨웠다. 야경들이 눈빛이 바뀌었다. 나약함 대신 불굴의 의지가 그 자리를 대신했다.

야경들은 거대한 산처럼 버티고 서 있는 야혼을 중심으로 황급히 모여들었다.

이미 팔방괴멸진이 박살 난 상태, 더 이상 진을 구축할 이유도 필요도 없었다.

그렇게 야혼을 중심으로 모여든 야경들의 눈에는 이제 더 이상 공포와 두려움의 빛이 보이지 않았다. 대신 그들의 우두머리인 야혼에 대한 절대적인 믿음과 신뢰가 그 자리를 차지하고 있었다.


　지켜보고 있던 미후신도 고개를 끄덕였다.

　"그래, 당신이라면……."

　중얼거리는 그녀의 목소리에는 개인적인 감정이 실려 있었다.

　그래서였다, 오을신이 의외라는 눈빛으로 그녀를 바라본 것은.

　사실 야흔은 일반 야경이 아니었다.

　그들보다 한 수, 아니, 두 수 위의 고수였다.

　야흔은 미후신의 야시를 실질적으로 관리하는 자였으며, 아직 야경이 되지 않은 수련생들을 가르치는 교두(教頭)이기도 했다.

　또한 야흔은 미후신의 정부(情夫)이기도 했다.

　음탕하고 요염한 외모와 행동과는 달리 그녀가 오직 한 명, 마음에 두고 몸을 섞는 이가 바로 야흔이었던 것이다.

　그녀는 오을신이 묘한 눈빛으로 자신을 바라보는 것도 아랑곳하지 않은 채 주먹을 불끈 쥐며 장내를 지켜보았다.

단 한 번의 사자후로 수하들을 정신 차리게 만든 후 야혼은 천천히 몸을 돌렸다.

그는 눈앞에 서 있는 담우천을 노려보며 싸늘하게 말했다.

"감히 내 수하들을…… 헛!"

입을 열던 야혼은 다급한 숨을 삼키며 황급히 몸을 비틀었다.

일순, 날카로운 무언가가 그의 목을 긁고 되돌아갔다. 갈라진 피부 사이로 핏물이 분수처럼 솟구쳤다.

야혼은 깜짝 놀라며 뒤로 몇 걸음 물러나 담우천과의 거리를 떨어뜨렸다. 동시에 재빠르게 지혈을 하며 담우천을 바라보았다.

담우천은 두 팔을 길게 늘어뜨린 상태, 검은 여전히 허리춤에 매달려 있었다.

'무시무시한 쾌검이다.'

야혼은 저도 모르게 마른침을 삼켰다.

곁에서 볼 때보다도 더욱 빠르고 강한 쾌검.

눈이 아닌, 오로지 감각과 본능에 충실해야만 겨우 피할 수 있는 일격. 바로 그것이 담우천의 무극섬사였던 것이다.

한편 제단을 떠난 이후 담우천의 걸음이 처음으로 멈춰

졌다.

제자리에 우뚝 선 그의 충혈된 눈동자에 야혼의 모습이 새겨졌다.

작년 시월 강호에 재출도한 이후로 처음 무극섬사를 피한 자였다.

물론 지금 담우천의 상태는 정상이 아니었다.

심정적으로는 평정을 잃고 극도로 분노하고 있었으며, 육체적으로는 크고 작은 부상을 입어 출혈량이 상당했다.

그런 상태에서 펼친 무극섬사이기에 절정의 실력을 펼쳐냈다고 할 수는 없었지만, 어쨌든 야혼은 예상외의 실력을 지니고 있었다.

지금껏 마주쳤던 그 어떤 자들보다 강한 자임에는 분명했다.

"도대체……."

야혼은 담우천과의 적당한 거리를 유지하며 입을 열었다.

늘 들어서 이제 귀에 딱지가 내려앉을 정도로 익숙한 질문이 그의 입에서 흘러나왔다.

"네놈은 누구지?"

담우천은 대답 대신 한 걸음 앞으로 내디뎠다. 야혼도 대비하고 있었다는 듯이 한 걸음 물러났다.

바로 그 순간이었다. 담우천이 지면을 박차고 앞으로 달려나갔다.

순간적으로 이삼 장의 거리가 단번에 좁혀졌다. 대비하고 있던 야혼조차 미처 대응하지 못할 정도로의 빠른 질주, 폭광질주섬!

'헉!'

야혼은 다급하게 숨을 들이키며 본능적으로 칼을 휘둘렀다.

하지만 담우천은 달려드는 기세를 늦추지 않았다. 매서운 광풍이 담우천의 머리를 노리고 쏟아졌다.

일촉즉발의 순간, 담우천은 허리를 살짝 낮추고 어깨를 움츠리는 간단한 동작만으로 야혼의 공세를 피했다. 그리고는 곧바로 야혼의 가슴팍까지 다가간 담우천은 야혼의 가슴에 손을 대며 말했다.

"죽어라."

야혼의 얼굴이 일그러졌다.

"어디서 감히!"

야혼은 소리치며 담우천을 향해 주먹을 날리려고 했다.

그러나 다음 순간, 담우천은 가볍게 손을 밀었고 그 손에서 흘러나온 무형의 힘은 정확하게 야혼의 심장을 강타했다.

"컥!"

야혼의 입에서 한 모금의 선혈과 함께 비명이 터져 나왔
다.

동시에 그의 몸은 허공을 날아 삼사 장 밖으로 나가떨어
졌다.

쿵!

소리와 함께 바닥에 떨어진 그는 몇 차례 몸을 부르르 떨
다가 그대로 축 늘어졌다.

즉사(卽死).

놀랍게도 이 야경들의 우두머리인 야혼조차 담우천의 일
격을 막아내지 못한 것이다.

"안 돼!"

미후신이 발을 동동 구르며 소리쳤다. 언제나 차분하고
미소를 잃지 않던 그녀의 안색은 시체처럼 새파랗게 변해
있었다.

"야혼!"

그녀는 저도 모르게 소리치며 그를 향해 뛰어 나가려고
했다.

그러나 오을신이 그녀의 손목을 낚아챘다.

그녀는 고개를 획 돌리며 오을신을 매서운 눈으로 노려

보았다.

"이럴 때일수록 냉정을 잃지 않아야 하오!"

오을신이 매서운 어조로 말했다.

그를 노려보던 미후신의 표정이 점점 원상태로 돌아오고 있었다.

"놓으세요."

그녀는 오을신의 손을 뿌리치고는 다시 장내로 시선을 돌렸다.

그녀는 한쪽 구석에서 꿈틀거리다가 결국 움직임을 멈춘 야혼의 모습을 애써 외면하면서, 오로지 담우천만을 직시하고 있었다.

눈으로 직접 보고서도 믿어지지 않는 일이 연달아 발생하고 있었다.

조직의 무공교두 중 한 명인 야혼이 저 정체불명의 사내에게 불과 이 초 만에 죽음을 당했으니 그 놀라움과 충격은 어떻게 말로 표현할 수가 없었다.

하지만 진짜 문제는 그게 아니었다.

이러다가는 저 한 사람 때문에 야시 전체가 괴멸하게 생긴 것이다.

놈은 야혼을 죽인 것으로 성이 차지 않은 듯, 우두머리를 잃고 우왕좌왕하는 야경들의 한복판으로 뛰어들어 마구 날뛰고 있었다.

그가 손을 뻗고 휘저을 때마다 야경들은 속수무책으로 쓰러지고 있었다.

강했다.

그는 강했다. 어느 누구보다도 강했다.

사실 강하다는 말처럼 주관적인 단어가 또 어디 있겠는가.

강하다는 건 비교할 대상이 있어야 성립이 되는 말이었다.

나는 너보다 강하다. 그는 나보다 강하다. 혹은 구파일방의 장문인만큼 강하다는 식으로.

사실 그걸 객관화하기 위해서 당경이니 노경이니 하는 말들이 만들어진 게 아닌가. 눈에 보이지 않는 강함을 가늠하고 실력을 구분하기 위해서 저러한 구별법이 존재하는 게 아닌가.

그러나 또 생각해 보자. 문경이라고 해서 어찌 소림사의 장문인과 화산파의 장문인의 실력이 동등하겠는가. 또 그 문파의 절기를 만들어낸 십대 장문인과 이제 갓 직위에 오른 이십대 장문인의 실력을 어찌 같다고 생각할 수 있겠는가.

이른바 같은 문경이라 하더라도 서로 직접 손을 대고 겨루지 않는 이상, 그 누가 강한지 알 수가 없는 법이다. 무당파의 하급제자가 화산파의 장로를 일 초에 격침시킬지 누가 알겠는가.

강하다는 건 그런 것이다. 직접 싸워봐야 누가 강한지 누가 약한지 정확하게 알 수 있는 것이다.

그러나 스스로 강하다고 해봤자 어느 누가 인정해 주겠는가.

타인과 비교해서 증명해야만 비로소 인정받는 게 강함이라는 것이었다.

하지만 가끔은 비교우위가 아닌 절대우위의 강함이 존재했다.

누구와 비교하지 않아도, 증명하지 않아도 충분히 수긍할 수 있을 정도로 강한 것들이 세상에는 존재했다.

산중대왕 호랑이의 강함을 설명하기 위해서 굳이 늑대와 혹은 곰과 비교하지 않는다.

그들과 싸워서 증명할 필요가 없는 것이다. 그저 호랑이라는 단어로 충분했다.

저 옛날 소림사의 혜우 선사나 영천마교의 백마린이 그러했다.

또 권왕 진립앙이 그러했다.

비교 대상이 필요하지 않은 압도적인 강함.

누구나 인정할 수밖에 없는, 주관적이 아닌 객관적인 강함.

더 이상 증명할 필요가 없는 강함.

그게 호랑이였고 그게 담우천이었다.

第三章
결계해제(結界解除)

나는 죽어도 이 사람만은 살려야 한다, 라는 식의 생각은 하지 않았다. 그렇게 나약한 그녀가 아니었다. 사선을 밟으며 살아가는 자가 담우천이라면, 그의 동료들 또한 마찬가지였다.

　　그녀도 사선을 밟으면서 지금껏 살아남은 자였다.

　　'반드시 살아서 돌아가겠어.'

## 1. 재앙신(災殃神)

담우천, 그는 진실로 강했다.

무작정 발길을 옮기는 것 같았으나 한 걸음 뗄 때마다 야경들은 그의 움직임을 놓쳐 허둥거렸다. 사각과 빈틈을 파고들며 뻗어 나오는 한 가닥 빛줄기는 곧 붉은 혈선을 그 위에 얹고 사라졌다.

그 상황에서도 야경들은 악착같이 달려들었다. 누구 하나 뒤로 몸을 빼는 자는 없었다.

나중에는 나찰염요를 상대하던 자들마저 담우천을 향해 덤벼들었다.

지금 담우천의 전신은 검붉은 선혈로 흠뻑 젖어 있었다.

적들이 뿜어낸 피가 대부분이었지만 그가 흘린 피도 적지 않았다.

아무리 담우천이 강하다고는 하지만 상대들 또한 지옥 같은 수련을 겪은 자들이었다. 그런 자들이 죽음을 도외시하고 그를 향해 덤벼드는 것이다. 게다가 담우천 또한 전혀 수비는 생각하지도 않은 채 오로지 공격 일변도로 놈들과 싸우는 중이었다.

그러니 시간이 흐를수록 그의 몸에서 흘러나오는 피의 양은 점점 늘어날 수밖에 없었고, 내뿜는 그의 호흡 역시 갈수록 가빠지고 있었다.

하지만 담우천의 악마처럼 붉게 충혈된 두 눈에서는 광기와도 같은 살의(殺意)가 줄기줄기 뿜어졌으며, 야경들을 향해 휘두르는 그의 손과 쾌검에서는 여전히 악랄하고 잔인한 살기가 뻗어 나왔다.

그랬다.

그는 지옥에서 뛰어나온 수라였고 죽음의 신이었으며 살아 있는 모든 것에 재앙을 내리는 재앙신(災殃神)이었다.

*     *     *

이미 장터는 텅 비어 있었다.

야시를 가득 메웠던 손님들과 장사꾼들은 싸움이 좀처럼 끝나지 않자 허둥지둥 짐을 싸고 몇몇 야경의 안내를 받아 공터 아래로 내려갔다.

인신매매를 진행하던 뚱보 중년인도 모습을 감춘 지 오래였다.

제단 위에는 벌거벗은 여인들만이 남아 도망갈 생각도 하지 못한 듯 그저 서로를 부둥켜안은 채 부들부들 떨고 있었다.

그렇게 빈 공터에는 대신 김이 모락모락 피어오르는 핏물과 떨어져 나간 살점들로 가득 차 있었다. 여전히 요란한 함성과 비명, 숨이 턱까지 차오른 호흡들만이 이 싸움의 치열함을 말해주고 있었다.

"어떻게든 해야 하지 않겠소?"

새파랗게 안색이 질린 오을신이 미후신을 돌아보며 물었다.

미후신의 얼굴은 창백하게 물들어 있었다. 그동안 얼마나 제 입술을 깨물고 씹었는지, 그녀의 입술은 갈기갈기 찢어져서 피가 뚝뚝 흐르고 있었다.

"방법이 있으면 말씀해 주세요."

야혼의 죽음에 대한 충격이 어느 정도 가라앉은 것일까. 아니면 이미 모든 것을 포기한 것일까.

의외로 그녀의 목소리는 담담했다.

"저런 자를 상대로 무슨 방법이 있을까요?"

그녀의 냉정한 목소리에 오을신은 안절부절못하며 고개를 돌렸다.

마치 자신이 재앙신이라도 끌고 온 양, 오을신은 사색이 된 채 감히 그녀를 바라볼 엄두조차 내지 못했다. 그는 주뼛거리며 힘들게 입을 열었다.

"미안하오, 나 때문에."

"확실히 엄청난 놈을 끌고 오셨네요."

"미, 미안하오. 저 계집의 뒤에 저런 초절정고수가 있을 줄은 전혀 몰랐소."

"저자는 도대체 어디에서 나타난 괴물이라죠?"

"그, 글쎄……."

"어쨌든."

미후신은 피가 뚝뚝 떨어지는 입술을 다시 한 번 깨물었다.

짜릿한 고통이 그녀의 정신을 더욱 냉철하게 만들었다. 그녀는 여전히 야경들 사이를 헤집고 다니며 살육을 벌이는 담우천을 노려보며 중얼거리듯 말했다.

"반드시 놈을 죽여야겠네요. 이 미후신의 명예와 야시의 이름을 걸고."

'그리고 야혼의 복수를 위해……'

"다, 당연하오."

'만약 놈을 죽이지 못한다면 상부의 질책을 감당할 수가 없을 테니까……'

담우천을 죽여야 한다는 대명제에는 두 사람 모두 동의하고 있었지만 그 속마음은 서로 달랐다.

원화가 한숨을 쉬며 다시 입을 열었다.

"하지만 도대체 어떻게 놈을 죽일 게요? 조금 전 미후신께서도 방법이 없다고 하지 않았소?"

담우천의 거침없는 살육극을 지켜보던 미후신의 눈빛이 반짝인 것은 잠시 후의 일이었다.

"아니, 방법이 있을 것 같네요."

오을신 원화가 반사적으로 그녀를 바라보았다. 하지만 그녀는 제대로 된 설명 없이 제 곁에 있는 시녀를 향해 물었다.

"남은 인원이 얼마나 되느냐?"

시녀가 벌벌 떨면서 말했다.

"천하대평결계진을 유지하고 있는 삼십육 명, 그리고 객관들과 상인들을 배웅나간 다섯 명, 인근 주위를 경계하고 있는 스물네 명, 해서 모두 예순다섯 명입니다."

진법을 완성시키기 위해서는 필요한 각 방위를 지킬 무언가가 필요한 법이다.

그건 돌이 될 수도 있고 나무가 될 수도 있으며 혹은 시체로 대신할 수도 있었다. 지금 야시가 펼친 진법에는 살아 있는 야경들이 주변을 경계할 겸, 그 매개체 역할을 하고 있었다.

미후신은 싸늘한 어조로 말했다.

"모두 불러들여라."

"네에?"

시녀는 저도 모르게 깜짝 놀란 얼굴로 되물었다.

모두 불러들이라는 것은 주변 경계를 서던 자들을 철수시키는 것은 물론, 진법을 해체하고 결계를 풀겠다는 것이다.

지금껏 그런 일은 단 한 번도 없었다. 한번 펼쳐진 결계와 진법은 야시가 그 역할을 끝내고 폐쇄될 때까지 유지되었으니까.

그 결계를 해체하게 되면 외인(外人)들의 접근을 더 이상 막을 수가 없었다.

즉, 어둠의 장막 속에 가려져 있던 야시의 정체가 일반 세상에 드러나게 될 수도 있다는 의미였다.

"두 번 말해야 하는 게냐?"

미후신이 매섭게 말했다. 시녀는 허둥거리며 고개를 숙였다.

"아닙니다. 그렇게 전하겠습니다."

그녀는 곧바로 미후신의 곁을 떠났다.

그 광경을 지켜보던 오을신은 고개를 갸웃거렸다. 조금 전 그가 어떻게든 해야 하지 않겠냐고 물었을 때만 하더라도 그녀는 허탈한 어조로 '방법이 있으면 말해주세요'라고 말하지 않았던가.

분명 그때까지는 미후신도 저 재앙신을 죽일 방도를 찾지 못했던 게다.

그런데 지금은 반드시 놈을 죽일 거라고 이야기하고 있었다.

'어떻게?'

문득 그 방법이 궁금해지는 오을신이었다. 그리고 궁금한 것은 마음속에 담고 있지 못하는 그였다. 그는 미후신의 눈치를 살피며 입을 열었다.

"어떻게 놈을 죽일 생각이시오?"


2. 회상 이(二)

담우천은 은퇴를 결심하고 술집에서 나왔다. 하지만 여전히 답답한 건 마찬가지였다.

이제 뭘 할까.

어디로 가야 하지.

담우천은 밤하늘을 올려다보며 잠시 호흡을 가다듬었다.

금껏 톱니바퀴처럼 원활하고 규칙적으로 생활해 왔던 탓에, 이렇게 무한한 자유를 누리게 되자 담우천에게는 외려 그게 더 막막하게 다가오는 것이다.

"어디 한적한 곳으로 기어들어 가 낚시나 하고 사냥이나 하면서 살까?"

담우천은 인적 드문 밤거리를 여기저기 쏘다니다가 눈에 띄는 객잔 한 곳을 찾아 들어갔다.

"하룻밤 묵을 방이⋯⋯."

계산대를 사이에 두고 한 여인과 흥정하고 있는 지배인에게 말을 건네던 담우천의 표정이 기묘하게 변했다. 막 돈을 꺼내는 여인이 그를 돌아보았기 때문이었다. 놀랍게도 그 여인은 조금 전 술집에서 합석했던, 그 사막의 향기가 물씬 풍기는 그녀였던 것이다.

뭐야, 날 따라온 건가?

하지만 그는 곧 고개를 저었다. 그녀는 담우천보다 한발 먼저 이 객잔에 들어왔다.

어떻게 보면 담우천이 그녀를 따라온 것처럼 보이는 장면인 게다.

그래서였을까. 여인이 살짝 미소를 지으며 고개를 까딱거렸다.

"또 뵙네요."

"아, 네."

담우천은 머뭇거리며 인사를 받았다. 지배인이 활짝 웃으며 손뼉을 쳤다.

"서로 아는 사이라면 잘 되었군요."

뭐가?

"안 그래도 혼자 쓰기에는 너무 넓은 별채만 남아 있어서 이분이 꽤 망설이던 참이었거든요."

그런데?

"저는 상관없어요."

여인이 말했다.

지배인이 담우천을 돌아보았다. 담우천은 인상을 찌푸렸다.

이건 도발이다. 예서 물러나면 사내가 아니다, 하는 괜한 오기 같은 게 피어올랐다.

"나도 상관없소."

"그것 보십쇼. 제가 잘되었다고 하지 않았습니까?"

지배인은 다시 한 번 손뼉을 치며 웃었다. 그리고는 두 사람을 이끌고 객잔 뒤쪽, 별채로 안내했다.

확실히 혼자 묵기에는 제법 넓은 데다가 외진 곳에 자리 잡고 있는 까닭에 여자 혼자라면 겁이 날 만한 별채였다.

지배인은 뭔가 음흉한 눈빛으로 담우천을 바라보면서 손을 비비며 말했다.

"그럼 편히들 쉬십쇼. 아, 별채 값은 이 소저께서 계산하셨으니까 신경 쓰지 않으셔도 됩니다."

지배인이 물러간 후 어색한 침묵이 두 사람 주위를 휩쓸었다.

담우천은 그녀와 함께 객청 차탁에 앉아서 차를 마시며 뭔가 분위기가 이상하게 흘러간다고 생각했다.

"먼저 하실래요?"

그녀의 갑작스러운 질문에 담우천은 고개를 들었다. 제대로 듣지 못한 듯 그는 다시 물었다.

"뭘 말이오?"

"목욕… 안 하실 건가요?"

"아, 먼저 하시오."

"그럼 실례할게요."

여인이 일어나 복도를 따라 걸어갔다. 담우천은 무심코 그 뒷모습을 바라보았다.

가는 어깨, 잘록한 허리, 그리고 탱탱한 둔부가 한 눈에 들어왔다.

'겁을 모르는군.'

처음 보는 사내와 한 별채를 사용하겠다고 하다니.

세상 물정을 모르는 걸까. 사람을 너무 믿는 걸까. 그것도 아니라면 뭔가 바라는 게 있는 걸까.

담우천은 차를 홀짝거리며 생각하다가 고개를 저었다.

'관두자. 하룻밤 공짜로 묵게 된 것만 생각하자.'

목숨을 구하기 위해, 정신없이 싸우고 도주하여 이곳에 이른 담우천이었다.

품에는 달랑 은자 몇 십 냥뿐, 앞으로 어떤 일이 있을지 모르니 최대한 돈을 아끼는 게 좋았다.

이윽고 그녀가 돌아왔다.

"씻으세요."

김이 모락모락 피어나는 머리카락을 수건으로 매만지며 그녀가 말했다.

담우천은 괜히 어색해져서 헛기침을 하고는 그녀의 곁을 지나쳐 갔다.

사막의 향기 대신 은은한 육체의 향기가 코끝을 자극했다.

달콤하면서 부드러운 향기. 담우천의 아랫도리가 불끈섰다.

'이런……. 열여섯 꼬마도 아닌 것이.'

담우천은 재빨리 그녀의 곁을 지나쳐 욕탕으로 향했다. 나무 욕조에는 뜨거운 물이 가득 차 있었다. 물이 깨끗한 걸로 보아 자신이 씻은 물은 버리고 새롭게 받은 모양이었다.

하지만 욕탕 곳곳에는 그녀의 향기가 남아 있었다. 담우천의 예리한 후각은 그 향기를 놓치지 않았다. 담우천은 한숨을 내쉬며 물속으로 들어갔다.

그가 씻고 나왔을 때 이미 그녀는 객청에 없었다. 인기척이 그녀의 방에서 새어 나왔다.

담우천은 머리가 마를 때까지 객청에 홀로 앉아 있다가 자신의 방으로 향했다.

다음 날 아침, 담우천은 느긋하게 하품을 하면서 눈을 떴다.

상쾌한 기분이 그의 전신을 휘감으며 깨어났다.

지난 수 년 이래로 가장 달콤하고 편하게 잠을 잔 하루였다.

그는 옷을 챙겨 입은 다음 객청으로 나왔다.

아무도 없었다.

인기척도 느껴지지 않았다.

게서 차 한 잔을 마신 후 그는 객잔으로 향했다. 지배인이 눈곱을 떼다가 그를 보고는 고개를 숙였다.

"동행 분은 먼저 떠나셨습니다."

지배인의 말을 듣는 순간 담우천은 뭔가를 잃어버린 듯아쉽고 허전한 기분이 되고 말았다. 그는 헛기침을 하며 말했다.

"우육면이나 주시오."

그게 그녀, 자하와의 두 번째 만남이었다.

물론 그때까지 담우천은 그녀의 이름을 전혀 알지 못하고 있었다.


3. 폭주 상태


오을신 원화는 미후신의 눈치를 살피며 입을 열었다.

"어떻게 놈을 죽일 생각이시오?"

미후신은 담우천에게서 시선을 떼지 않은 채 말했다.

"저자를 잘 보세요."

원화는 고개를 돌렸다.

담우천은 여전히 야경들 사이를 헤집고 다니며 살수를 펼치고 있었다.

저 상황이 계속 이어진다면 불과 일각도 지나지 않아 공터의 야경들이 모두 몰살될 것 같았다.

'뭘 보라는 거지?

원화가 의아해할 때였다. 미후신의 목소리가 들려왔다.

"저자, 호흡이 가빠지고 있어요."

"호흡?"

원화는 저도 모르게 미후신의 말을 따라 하면서 다시 담우천을 바라보았다. 눈을 가늘게 뜨고 담우천의 얼굴과 어깨와 허리를 지켜보던 원화는 이내 고개를 크게 끄덕이며 말했다.

"그렇구려! 호흡이 가빠지고 어깨가 크게 출렁이며 허리가 높게 일어섰소. 그것은 지금 놈이 과도하게 진기를 소모하고 있다는 것을 말해주오. 또한 체력의 소진 역시 엄청나다는 것을 의미하고 있소."

"그래요. 그래서 저자를 죽일 수가 있어요."

미후신은 냉정한 시선으로 담우천을 직시한 채 말했다.

"저자는 스스로 마음만 먹으면 그 어떤 절정고수와 싸운다 하더라도 결코 죽지 않을 실력을 지니고 있어요. 사실지금도 그래요."

미후신은 담우천과 그리 멀리 떨어져 있지 않은 곳에서 난전을 벌이고 있는 여인, 나찰염요를 힐끗 바라보면서 말을 이었다.

"마음만 먹는다면 언제든지 우리의 포위망을 뚫고 도주할 수 있을 거예요. 우리 아이들을 상대로 훌륭하게 버티고 있는 저 계집과 힘을 합친다면 단번에 포위망이 뚫릴 거예요. 하지만……."

미후신은 다시 담우천에게로 시선을 돌리며 계속해서 말을 이어 나갔다.

"저자, 무슨 일인지 모르겠지만 지금 이성을 잃고 잔뜩 흥분한 상태예요. 그래서 진기가 급속도로 소모되고 있는 거죠. 지금이야 저렇게 미친 호랑이처럼 날뛰지만 조금만 더 기다리면……."

원화가 반색하며 말했다.

"남은 야경들을 모조리 불러온 건 바로 그 이유에서였구려!"

"그래요. 놈은 결국 제풀에 지칠 테고……. 그때가 되면 예순다섯 명의 야경이 힘을 발휘할 거예요. 그러니 저 계집과 저자는 우리 손에 들어오는 건 시간문제인 거죠."

"하기야 그 어떤 고수라 하더라도 인해전(人海戰)을 감당할 수는 없는 노릇이니까."

원화는 한결 느긋해진 표정으로 중얼거렸다. 그러나 미후신은 여전히 냉정하고 차가운 얼굴로 장내를 주시하고 있었다.

그런 미후신의 뇌리에 한가닥의 의혹이 떠오른 건 당연한 일이었다.

'도대체 뭐가 저자의 이성을 잃게 만든 것일까?'

저만한 절정고수라면 그 어떤 일에라도 이성을 잃거나 평정심을 무너뜨리지 않는다. 철저한 계산 속에서 모든 움직임이 나오는 법이었다.

그런데 지금 저자는 주화입마(走火入魔)에 걸린 양, 제 진기나 내력의 배분은 상관하지 않은 채 미쳐서 날뛰고 있었다.

그 이유가 무엇일까.

서릿발 같은 기세가 전신을 휘감고 있는 가운데 그녀의 눈에서는 의혹의 눈빛이 희미하게 일렁이고 있었다.

그때였다. 시녀가 숨을 헐떡이며 달려와 상황을 알려왔다.

"다들 모였습니다."

"좋아."

미후신은 표정을 관리하며 말했다.

"그럼 두 번째 작전을 시작하자."

　　　　　*　　　　　*　　　　　*


"살려내라."

담우천은 목젖을 울리듯 낮게 울려 퍼지는 목소리로 으르렁거렸다.

"자하를 살려내라. 그렇지 않으면 모조리 죽여 버리겠다!"

그건 협박이 아니었다.

실제로 담우천은 눈에 띄는 모든 자를 죽이고 있었다. 그의 앞을 가로막거나 그를 공격하거나 혹은 그를 피해 도망치는 자들까지, 단 한 명도 살려둘 생각이 없었다. 그는 단전의 진기가 모조리 소진될 때까지 전력을 다해 놈들을 학살하고 있었다.

그러나 그게 문제가 되고 있었다.

상황은 극도로 그에게 유리한 듯했지만 실상을 따져 보면 전혀 그렇지 않았다.

냉정을 잃고 평정심이 무너진 채 오직 분노와 살의, 증오와 복수심만으로 불타오르는 담우천에게는 균형과 안배, 배분이라는 단어들이 존재하지 않았다.

삼 푼의 힘으로 상대를 죽일 수 있음에도 불구하고 그는 매번 전력을 다해 일격을 펼쳤다.

그가 한 번 움직일 때마다 계속해서 십성(十成)의 내공이 소진되고 있으니, 아무리 내력이 많다고 하더라도 그 밑바닥이 보일 수밖에 없었다.

사실 적당한, 가벼운 흥분은 활기를 넘치게 하고 승부의 좋은 호흡을 이끌어낸다.

하지만 폭주 상태가 되면 달라진다. 언제까지 끊이지 않고 이어질 것만 같던 내력이 어느 한순간 신기루처럼 사라지게 된다.

상황은 그것으로 끝이다. 서 있을 기력조차 남지 않게 되니까.

그러나 폭주 상태에 빠지게 되면 그러한 사실을 잊고 만다.

자신이 죽을 줄 모르고 불을 향해 뛰어드는 불나방. 그게 폭주 상태에 빠진 담우천의 지금 모습인 것이다.

그렇게 폭주 상태에서 질풍노도처럼 장내에는 이제 불과 예닐곱 명의 야경밖에 남지 않았다.

담우천은 뒤로 물러나는 야경을 쫓아가며 손을 뻗었다.

그의 어깨가 크게 출렁거렸지만 여전히 날카로운 검기가 야경의 목덜미를 훑고 지나갔다. 또 하나의 피분수가 그의 목에서 뿜어져 나왔다.

담우천은 앞으로 꼬꾸라지는 그를 지나치며 검을 회수했다.

검날에 묻은 핏물이 기름과 함께 뒤엉킨 채 굵은 방울처럼 뚝뚝 흘러내렸다.

평소라면 손목을 한 번 흔드는 것으로 검날에 묻은 피와 기름기를 모두 떨쳐냈을 것이다.

그러나 지금 담우천에게는 그럴 만한 힘이 남아 있지 않았다.

게다가 그럴 힘으로 한 놈 더 죽이는 게 나았다.

담우천은 크게 숨을 몰아쉬면서 먹잇감을 찾는 맹수처럼 충혈된 눈으로 주위를 둘러보았다. 이제 남은 야경들은 그로부터 멀찌감치 떨어져 있었다.

씩씩거리며 우뚝 서 있는 그의 곁으로 나찰염요가 다가왔다.

"괜찮아요?"

헝클어진 머리카락, 찢어진 면사와 옷자락, 그 사이로 내비치는 곳곳의 상처와 핏물.

그녀는 괜찮지 않아 보였다.

비록 담우천에게 가려져서 미처 몰랐지만 그녀 역시 이미 일곱 명의 야경을 해치운 상태였다.

또한 늘 십여 명의 야경들 사이를 헤집고 다니며 끊임없이 싸웠던 그녀였다.

그 와중에 겨우 이 정도의 부상이라면 외려 상당히 양호한 것이라 볼 수 있었다.

하기야 그녀 또한 이른바 죽음을 밟고 가는 자들 중의 한 명이 아니던가.

"괜찮아요?"

나찰염요가 다시 한 번 물으며 손을 내밀었다. 그 순간 담우천이 반사적으로 검을 휘둘렀다. 하마터면 나찰염요의 팔이 잘려 나갈 뻔했다.

"대가, 정신 차려요!"

나찰염요는 황급히 손을 빼며 소리쳤다. 그 목소리에 탈혼술이라도 실린 것일까.

검붉게 충혈된 담우천의 눈동자에 그녀의 모습이 아로새겨졌다.

"여, 염요?"

"그래요, 나예요."

그녀의 말에 담우천은 크게 숨을 내쉬었다.

안도의 한숨이었을까. 아니면 때마침 모든 기력이 소진된 것일까.

담우천이 한쪽 무릎을 꿇었다.

나찰염요가 재빨리 그를 부축했다.

"무슨 짓이에요? 아직 적들이 남아 있어요."

평소라면 적 앞에서 약한 모습을 보인다는 건 있을 수 없는 일이었다.

확실히 담우천은 정상이 아니었다. 나찰염요가 걱정된다는 듯이 말했다.

"정신 좀 차려요."

"제정신이다."

담우천은 그녀의 부축을 뿌리치며 말했다.

하지만 여전히 그의 중심은 흔들리고 있었고 목소리에는 기력이 없었다.

또한 그의 눈동자 역시 아직도 시뻘겋게 충혈되어 있었다.

'역시… 제정신이 아냐.'

나찰염요가 입술을 깨물며 다시 그에게 손을 내밀었다. 바로 그때였다.

파파팟!

공간과 공간이 날카롭게 갈라지는 소리가 들려왔다.

'응?'

담우천을 향해 손을 내밀던 나찰염요는 반사적으로 고개를 돌렸다.

어느새 공터 저편에는 새롭게 나타난 오십여 명의 야경이 일제히 활을 쏘고 있었다. 그들이 쏘아낸 수십 개의 화살이 허공을 가르고 일제히 날아드는 광경이 그녀의 시야에 가득 들어왔다.

'이제는 화살인가?'

나찰염요는 빠르게 담우천은 부축하는 동시, 화살을 피해 한쪽 구석으로 몸을 날렸다.

파파팍! 소리와 함께 화살들이 땅 깊숙하게 꽂혔다. 화살 깃대가 부르르 하고 떨리는 것으로 보아 상당한 강궁(强弓)임에 분명했다.

"계속 쏘아라!"

멀리서 여인의 날카로운 목소리가 들려왔다.

그것을 신호로 또 다시 수십 발의 화살이 나찰염요를 향해 매서운 파공성과 함께 폭사해 왔다. 나찰염요는 황급히 땅을 구르며 그 자리를 피했다.

"으윽!"

그녀의 근처에 있다가 미처 피하지 못한 야경이 화살세례를 맞고 고슴도치가 되어 비명을 토해냈다.

화살은 적과 아군을 가리지 않았다.

화살들은 나찰염요와 담우천이 서 있는 근처로 쉴 새 없이 쏟아졌다.

나찰염요는 연신 이리저리 몸을 날리며 화살의 폭우를 피했다.

하지만 그녀는 적지 않은 부상을 입었고 거기에 거의 혼절 직전의 담우천을 부둥켜안은 상태였다. 얼마 가지 못해 그녀의 어깨가 심하게 들썩거렸다. 그녀의 체력에도 슬슬 한계가 오고 있었다.

슈웅! 미처 피하지 못한 화살 하나가 그녀의 얼굴을 향해 폭사해 왔다.

"어딜!"

그녀는 날카롭게 소리치며 손을 휘둘러 화살을 후려쳤다.

일순 쩌엉! 하는 울림과 강한 통증이 손바닥을 통해 팔목까지 뒤흔들었다. 마치 쇠로 만든 것처럼 단단하고 강한 화살이었다.

그런 엄청난 위력을 지닌 놈들이 폭우처럼 쏟아져 내리고 있는 것이다.

나찰염요의 얼굴이 딱딱하게 굳어졌다.

'놈들이 작전을 바꿨어.'

그랬다.

전면전으로는 승산이 없다고 생각했는지 새로 모습을 드러낸 야경들은 더 이상의 접근을 하지 않았다. 대신 그들은 나찰염요와 담우천이 도망갈 수 없도록 포위망을 형성한 채 쉴 새 없이 화살을 날리고 있었다.

원래 무림의 고수들에게 있어서 화살이란 사실 큰 위협이 되지 못하는 법이다.

그들에게는 화살보다 빨리 움직일 수 있는 경공술과 보법이 있었고 날아오는 화살을 낚아채거나 부러뜨릴 수 있는 힘이 있었다.

그러나 상대적으로, 무림의 고수가 쏘아내는 화살처럼 막기 힘든 무기도 없었다.

빛보다 빠르고 천둥처럼 강렬하며 뇌전과 같은 위력이 실린 화살!

시위를 떠나는 순간 공간을 가르는 파공성과 함께 단번에 수십 장의 거리를 격하고 상대의 심장을 꿰뚫는 게 바로 그들의 화살이었다.

지금 나찰염요를 향해 쏘아지는 화살들이 바로 그러했다.

삭풍의 매서운 빠르기와 뇌전의 막강한 위력을 동시에 지니고 있는 화살들이 나찰염요 주변으로 마구 쏟아져 내리고 있었다.

이리저리 화살을 피하던 나찰염요의 반응이 슬슬 느려지더니 이윽고 그녀의 입에서 짧은 신음이 흘러나왔다.

"음!"

체력이 떨어진 까닭에 미처 반응이 느린 탓이었다. 강철 같이 단단한 화살 하나가 그녀의 허벅지를 푹! 하고 찔러 든 것이다.

언뜻 보아도 상당한 부상을 입은 게 분명했다.

그러나 아파할 시간도, 치료할 틈도 없었다. 화살은 쉬지 않고 쏘아지고 있었다.

나찰염요는 입술을 깨물며 화살을 피해 연신 몸을 날렸다.

"헉, 헉……."

언제부터였을까.

그녀의 입에서는 잠자리에서보다 거친 숨소리가 연신 흘러나왔다.

이대로 가다 보면 모든 체력이 고갈되어 더 이상 움직일 수가 없게 될 것이다.

결국 그 자리에 우뚝 선 채, 고슴도치처럼 저들의 화살을 온몸에 꽂고 죽음을 맞이하게 되리라.

그런 불안한 예감이 그녀의 뇌리를 훑고 지나갔다.

'그럴 수는 없지.'

그녀는 문득 제 품에 축 늘어져 있는 담우천을 힐끗 내려 다보았다.

나는 죽어도 이 사람만은 살려야 한다, 라는 식의 생각은 하지 않았다. 그렇게 나약한 그녀가 아니었다. 사선을 밟으며 살아가는 자가 담우천이라면, 그의 동료들 또한 마찬가지였다.

그녀도 사선을 밟으면서 지금껏 살아남은 자였다.

'반드시 살아서 돌아가겠어.'

그녀는 담우천을 안은 채, 쏟아지는 화살비를 피하기 위해 꾸준히 땅바닥을 뒹굴면서 그렇게 각오를 다졌다.

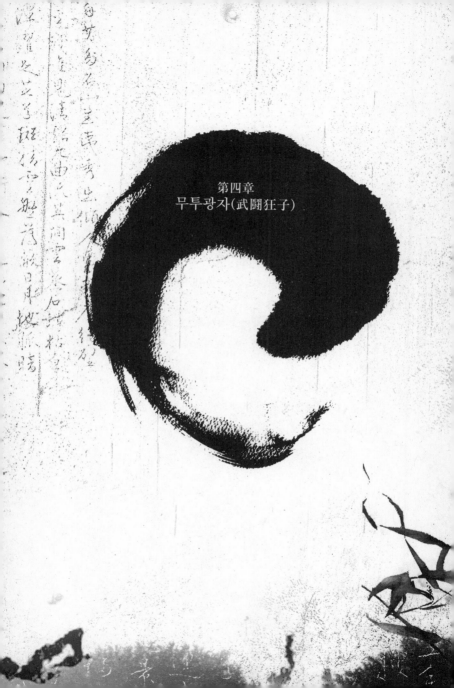

第四章
무투광자(武鬪狂子)

미처 피하지 못하고 고슴도치가 되어버린 여인들이 비명을 내질렀다.

무투광자는 뒤도 돌아보지 않고 북서쪽으로 내달렸다.

냉정한 행동이었지만 누구 하나 탓하거나 입을 여는 사람이 없었다.

당연한 일이었다.

지금 그들에게 있어서 가장 중요한 것은 타인의 안위가 아닌, 자신들의 목숨이므로.

## 1. 회상 삼(三)

"말도 안 돼."

그녀는 놀란 눈으로 담우천을 쳐다보았다.

"정말 말도 안 되는 일이오."

담우천 또한 의외의 얼굴이었다.

물론 한편으로는 조금의 설렘, 약간의 흥분 같은 것도 섞여 있었지만.

"하루 동안 세 번이나 만나다니……. 믿을 수가 없네요."

그녀는 의심스럽다는 듯이 담우천을 바라보며 말했다.

"설마… 저를 따라온 것은……."

담우천은 한숨을 내쉬었다.

"그럴 리가 있겠소?"

그의 말에 그녀는 활짝 미소를 지었다.

"그렇겠지요? 미안해요. 제가 조금 상상력이 풍부해서……."

거기까지 말한 그녀는 문득 혼잣말처럼 조그만 목소리로 중얼거렸다.

"하지만 따라왔다고 말하기를 바랐는데……."

만약 담우천이 평범한 사람이었다면, 아니, 극한에 이른 수련을 통해서 그의 오감이 주변 백여 장 안의 모든 것을 감지할 정도로 뛰어나지만 않았더라면 그녀의 혼잣말은 듣지 못했을 것이다.

하지만 불행인지 행운인지 담우천은 그녀의 혼잣말을 들을 수가 있었고, 그때부터 그의 가슴이 뛰기 시작했다.

"북경부에 가시는 건가요?"

그녀는 뱃전에 서서 그렇게 물었다.

운하(運河)의 강바람이 그녀의 머리카락을 흩날리고 있었다.

담우천은 그녀 곁에 서서 말했다.

"배가 있어서 탔을 뿐이오. 이 배가 북경부로 가는 건 지금 알았소."

우육면으로 아침을 때운 담우천은 곧장 객잔을 나왔다. 이제 어디로 갈까 고민하며 길을 걷던 담우천의 눈에 막 나루에서 출발하려는 배 한 척이 들어왔다.

담우천은 곧장 나루로 달려와 배에 올라탔고, 놀랍게도 그 배 안에서 그녀와 재회를 한 것이었다. 그것이 그녀와의 세 번째 만남이었다.

"저와 비슷하네요."

그녀는 두 손을 들어 헝클어진 머리카락을 쓸어 올리며 말했다.

그녀의 연어처럼 가늘고 긴 손가락이 짙은 흑발 사이에서 춤을 추었다.

"저도 딱히 북경부에 갈 이유나 필요는 없거든요. 그냥 아무 곳이나, 조금 멀리 가고 싶을 뿐이에요."

담우천은 가만히 그녀를 바라보았다. 무슨 사정인지는 모르겠지만 그녀 또한 담우천과 비슷한 생각을 하고 있는 건 확실했다.

어디론가, 날 아는 사람 없는 곳으로, 내가 아는 사람과 마주치지 않을 만한 곳으로 가고 싶다.

담우천은 문득 혼잣말처럼 중얼거렸다.

"유주를 넘으면 그 누구도 나를 찾지 않을 것이오."

그녀의 눈이 동그랗게 변했다.

담우천은 '아, 혼잣말이었소'라고 말하며 강으로 시선을 돌렸다.

잠시 침묵이 흐른 뒤, 그녀의 살짝 달뜬 목소리가 들려왔다.

"같이 가볼까요, 그럼?"

담우천은 그녀를 돌아보았다. 그녀가 배시시 웃고 있었다.

그 미소가 너무나도 눈부셔서 담우천은 저도 모르게 살짝 눈살을 찌푸렸다.

오해를 한 것일까. 그녀의 입가에서 미소가 사라졌다.

담우천은 왠지 모를 불안감과 초조함에 서둘러 입을 열었다.

"뭐, 나도 특별하게 정한 곳이 없으니 한번 느긋하게 유람하듯 둘러봅시다. 간 김에 장백산도 보고."

그녀의 입가에 미소가 돌아왔다. 그녀는 조금은 부끄럽다는 듯이 고개를 외로 꼬며 숙이더니 소곤거리는 목소리로 말했다.

"그리고 보니 우리, 아직 서로 이름도 모르네요."

담우천이 말했다.

"담우천이오."

그녀가 말했다.

"자하라고 해요. 반가워요."

세 번째 만남. 그때서야 비로소 담우천은 그녀의 이름이 자하라는 것을 알게 되었다.

하지만 자신의 가슴 깊은 한구석에서 그녀에 대한 정이 새록새록 쌓이기 시작했음을, 담우천은 여전히 모르고 있었다.


2. 바람이 바뀌다


"지독한 계집!"

오을신 원화가 이를 갈았다.

이미 허벅지에 한 발, 그리고 어깻죽지에 또 한 발의 화살이 꽂혔는데도 불구하고 저 악독한 계집은 전혀 포기하지 않고 있었다.

외려 그녀는 가끔씩 이글거리는 눈빛으로 원화와 미후신이 서 있는 이쪽을 돌아보았다.

그 눈빛은 마치 '조금만 기다려라, 반드시 죽여주마' 라고 말하는 것만 같았다.

그 끈질긴 생명력과 집요한 살기에 원화마저 기가 질릴 지경이었다.

"걱정하지 마세요."

그런 원화의 속내를 읽었는지 미후신이 입을 열었다.

"그녀는 결코 우리에게 다가설 수 없으니까요."

"그걸 걱정하는 게 아니오."

원화는 일부러 거칠게 목소리를 내뱉었다.

"저 빌어먹을 계집이 언제까지 저렇게 숨바꼭질을 할 것 같소? 계속 저렇게 버티다가 날이 새면 세상 사람들의 눈에 띌 수도 있지 않겠소?"

그의 말이 아니더라도 어느새 동이 틀 시간이 가까워지고 있었다.

짙게 깔려 있던 어둠이 안개처럼 흩어지는 가운데 천천히 주변 사물들이 제 모습을 드러내고 있었다.

원화는 그렇게 밝아오고 있는 주위를 두리번거리며 말을 이어 나갔다.

"만약 우리의 존재가 사람들에게 알려진다면 상부는 결코 우리를⋯⋯."

"그럼 모두 죽이면 되죠."

미후신은 아무것도 아니라는 식으로 말했다.

"우리를 본 자, 우리에 대해서 발설한 자, 모두 죽이면 돼요. 그러니 아무 걱정 하지 말고 느긋하게 저자들이 천천히 죽어가는 모습을 구경하기만 하면 되는 거랍니다."

냉혹한 말과는 달리 그녀의 입가에 떠오른 미소는 그 무엇보다도 아름다웠다.

원화는 잠시 자신이 처한 상황도 잊은 채 그녀의 옆얼굴을 훔쳐보았다.

문득 그의 아랫도리가 불끈 일어섰다. 그러고 보니 막사에서 제대로 일도 끝내지 못한 채 이곳으로 달려오지 않았던가.

미후신의 조그맣고 도톰한 입술을 지켜보면서 그는 잠시 조금 전 봉사를 받았던 시녀의 입놀림을 떠올렸다.

'언젠가는 그 입에……'

원화가 음심 가득 담긴 눈빛으로 미후신을 바라보며 내심 그렇게 중얼거릴 때였다.

문득 바람의 방향이 바뀌었다. 그들의 등 뒤에서 불어오던 바람이 멈추더니 이내 그들의 앞쪽에서 뒤로 바람이 불기 시작했다.

시원한 바람이 그들의 얼굴을 핥듯이 스치고 지나가고 있었다.

그리고 상황도 바뀌었다.


        *          *          *


두 겹의 포위망.

앞쪽의 야경들이 화살을 쏘고 다시 화살을 재는 동안 뒤쪽에서 대기하고 있던 야경들이 화살을 날린다.

또 그들이 화살을 잴 때에는 앞쪽의 야경들이 다시 화살을 쏜다.

그렇게 번갈아가며 화살을 쏘아대니, 나찰염요의 입장에서는 그야말로 쉴 새 없이 화살이 날아드는 것처럼 느껴질 수밖에 없는 것이다.

파파팟!

또 한 차례 화살들이 거센 파공성을 쏘아내며 발사되었다.

화살을 날린 포위망 둘째 줄의 야경들은 재빠르게 등 뒤로 손을 뻗어 화살을 집고 시위를 먹였다. 단순하면서도 재빠른 움직임이었다.

풀썩.

그 와중에 미약한 소리가 들렸다. 포위망 후미에 서 있던 누군가가 바닥에 쓰러지는 소리.

하지만 그 소리는 앞줄에서 날린 화살들의 파공성에 의해 가려졌다.

"으윽."

이번에는 낮은 신음이 흘러나왔다. 그러나 그 소리 또한 이어지는 파공성 속에서 사라졌다.

지금 활을 쏘거나 화살을 재는 야경들의 모든 이목은 저 미꾸라지처럼 계속 피하고 있는 나찰염요에 집중되어 있었다.

자신들의 뒤쪽에서 무슨 일이 벌어지는지 신경 쓰는 자는 아무도 없었다.

사실 침입자가 있을 리가 없다는 생각이 야경들의 무의식 속에 자리 잡고 있는 게 컸다. 자신들이 철수하면서 천하대평결계진이 거둬졌지만, 그래서 누구나 마음만 먹으면 쉽게 접근할 수 있게 되었지만, 지금껏 단 한 번도 적의 침입을 허용한 적이 없었다는 사실이 그들의 경계를 해이하게 만든 것이다.

게다가 때마침 바람이 바뀌었다. 바람이 등 뒤에서 불어올 때는 뒤쪽의 움직임이나 냄새, 기척 같은 게 바람을 타고 전해졌지만 지금은 달랐다.

바람이 앞에서 뒤로 불면서 그들의 모든 것이 뒤쪽으로 전달되고 있었다.

그런 방심과 바람의 특성을 이용한 누군가가 야경들의 뒤에서 접근하여 한 명씩 쓰러뜨리고 있었다.

그리고 그것은 어느 한 군데가 아닌, 포위망 곳곳에서 일어나는 일이었다.

완벽해 보였던 두 겹의 포위망이 그렇게 무너지고 있

었다.


## 3. 전음성(傳音聲)


"쳇."

나찰염요가 인상을 찌푸렸다. 그녀의 아름답고 풍만한 몸에 세 번째 화살이 꽂힌 직후의 일이었다.

그게 마지막이었다. 그녀는 더 이상 움직이지 않았다. 움직일 수가 없었다.

기묘하게도 발뒤꿈치를 관통하여 땅 깊숙하게 박힌 화살이, 그녀의 남은 기력과 체력 모두를 가져가 버린 것이다.

그러나 여전히 그녀의 눈빛에서는 절망이나 좌절의 기미가 보이지 않았다. 상황이 절망적으로 흐를수록 외려 더 끈질기고 강렬한, 삶에 대한 의지가 그녀의 눈에서 흘러나오고 있었다.

'이렇게 죽지 않아!'

이렇게 간단하게 죽을 운명이었다면, 이미 지금쯤 몇 번이고 죽었을 것이다.

그 어떤 지독한 상황에서도, 그 어떠한 절망적인 순간에서도 그녀는, 그녀와 동료들은, 끝까지 버티고 살아남았다.

'지금도 마찬가지야.'

그녀는 최대한 몸을 움츠린 채, 거센 파공성을 동반한 채 쏟아지는 화살 세례를 막으려 했다. 좌우로 몸을 흔들면서 피하고 정면으로 날아드는 건 손을 사용해서 흘려내거나 튕기는 식으로 최대한 화살들을 피해내면서 시간을 벌었다.

하지만 그녀가 움직이지 못한다는 건 커다란 약점이었다.

마구잡이로 쏟아지던 화살들이 이제는 일제히 점사 사격으로 바뀌었다.

나찰염요의 반응보다 화살들이 짓쳐 들어오는 속도가, 양이 많아지기 시작했다.

이제는 아무리 나찰염요라고 하더라도 더 이상 버틸 재간이 없는 듯했다. 그때였다.

[그자 품에 약이 있네!]

그녀의 귓속으로 누군가의 전음성(傳音聲)이 파고들었다. 생전 처음 들어보는 늙수그레한 목소리였다. 일순 나찰염요의 눈빛이 변했다.

[그걸 사내에게 먹이게.]

아군? 아니면 적?

판단할 겨를이 없었다.

나찰염요는 빠르게 담우천의 품을 뒤졌다. 금박에 싼 환약이 있었다.

그게 어떤 약인지 확인하지도 않은 채 그녀는 서둘러 담우천에게 한 알을 먹였다.

그 틈을 비집고 화살 하나가 그녀의 등을 파고들었다. 그녀의 몸이 움찔거렸다.

이번 화살은 꽤 충격이 컸다.

정신이 아득해질 정도의 고통이 그녀의 온몸을 휘감았다.

하마터면 담우천에게 먹이던 약을 떨어뜨릴 뻔했다.

[자네도 한 알 먹게!]

전음성이 다급하게 들려왔다.

나찰염요는 그 지시에 따라 서둘러 약을 먹었다. 그러나 이미 때가 늦은 모양이었다. 화살이 박힌 고통과 출혈로 인해 빈혈처럼 정신이 어질어질해진 그녀는 결국 균형을 잃고 앞으로 쓰러졌다.

그때였다.

"염요?"

정신을 차린 담우천의 나지막한 목소리가 그녀를 일깨웠다.

그녀는 혼미해져 가는 정신의 끝자락을 애써 부여잡으며 눈을 떴다.

그리고 자신의 품안에 안겨 있던 담우천을 내려다보았다.

담우천이 그녀를 보고 있었다.

"바보."

그녀는 피식 웃으며 말했다. 그녀의 목소리가 여러 갈래로 갈라져 나왔다.

"너무 늦게 정신을 차렸어요."

담우천은 아직 정신을 차리지 못한 듯, 혹은 지금 무슨 상황인지 잊은 듯, 그저 나찰염요만 쳐다보고 있었다. 그녀는 다시 화살들이 날아들 때가 되었다고 생각하고는 그를 꼭 껴안고 엎드렸다.

그러나 화살은 날아들지 않았다. 대신 급박한 고함 소리와 처절한 비명, 그리고 병장기 부딪치는 소리가 야경들 속에서 요란하게 터져 나왔다.

"누구냐?"

"기습이다!"

"죽여… 윽!"

그 소란은 금세 포위망 전체를 뒤흔들었다.

나찰염요를 향해 활을 겨냥하고 있던 야경들이 뒤를 돌

아보았다.

동료들과 똑같은 복장을 한 누군가가 동료들 사이를 헤집고 다니며 칼을 휘두르는 모습이 보였다. 야경들은 본능적으로 활을 쏘았다.

비명이 터지면서 화살에 맞은 동료들이 앞으로 꼬꾸라졌다.

"쏘지 마!"

"같은 편이다!"

아비규환이 따로 없었다. 야경들이 우왕좌왕하기 시작했다.

그들이 서로 소리치는 가운데 침입자들 또한 사방으로 움직이며 소리쳤다.

"같은 편이다!"

"쏘지 마!"

흑의와 두건으로 전신을 휘감은 그들은 언뜻 봐서는 동료들과 전혀 다를 바가 없었다. 그런 까닭에 야경들은 어찌할 바를 몰라 했고, 그 틈을 노린 침입자들은 단번에 포위망을 허물었다.

[북서 방향으로 오게!]

그 소란을 틈타 나찰염요의 귓전으로 또 다시 전음성이 들려왔다. 예의 그 늙수그레한 목소리였다.

나찰염요가 북서 방향을 향해 고개를 돌렸다.

하지만 북서쪽 방향의 포위망은 여전히 건재했다. 차라리 한참 소란에 휩싸인 동남쪽이나 남쪽이라면 탈출이 가능할 것 같았다.

그러나 나찰염요는 그 전음성을 믿었다. 분명 북서쪽으로 가면 뭔가 일이 벌어질 것이라고 생각하면서 그녀는 자리에서 일어나려고 했다.

하지만 마음뿐이었다.

발꿈치를 관통하여 땅에 박힌 화살이 여전히 그녀의 움직임을 제어하고 있었다. 그녀의 아름다운 얼굴이 일그러질 때였다.

"형님!"

난리통인 포위망 속에서 귀에 익은 목소리가 들리는가 싶더니 이내 한 명의 거대한 중년인이 폭풍처럼 뛰어나왔다.

나찰염요가 그를 보고는 반색하며 소리쳤다.

"광자 오라버니!"

그랬다. 장비와 같은 기세로 야경 무리를 뚫고 미친 듯이 달려오고 있는 저 거대한 체구의 중년인은 다름 아닌 무투광자였다.

놀라운 일이었다.

절대로 야시와는 척을 지지 않겠다던 그가 지금 이곳에 와 있는 것이다.

"왜 이리 늦었어요?"

나찰염요가 눈을 흘기며 물었다.

"미안, 미안. 이곳 위치를 찾느라고 좀 늦었다."

단숨에 달려온 무투광자는 양 어깨에 그녀와 담우천을 봇짐처럼 메면서 말했다.

땅에 박혀 있던 화살이 단숨에 빠졌다. 그걸 본 무투광자의 눈가에 아련한 빛이 스며들었다.

"기다리다가 죽을 뻔했다구요."

나찰염요의 말에 무투광자는 얼른 안색을 바꾸며 말했다.

"그래도 내가 올 줄 알고 기다리기는 했구나."

"당연하죠. 오라버니가 안 올 리가 있겠어요?"

그들은 마치 이곳에서 만나기로 약속이라도 한 듯 그렇게 말했다.

하지만 사실 그들은 전혀 아무런 약속도 하지 않았다.

그저 나찰염요는 반드시 그가 올 거라고 믿었을 뿐이고 또 무투광자는 당연하다는 듯이 이곳에 왔을 따름이었다.

그것은 특별한 일이 아니었다. 애당초 그들의 사고방식

이 그러했던 것이다.

"이매망량 오라버니들도 함께 온 건가요?"

무투광자의 어깨에 나찰염요는 한참 아비규환이 벌어진 야경들 쪽을 힐끔거리며 물었다. 무투광자는 주변을 둘러보며 빠르게 대꾸했다.

"그럴 리가. 그 녀석들은 지금 장원에서 꼬마들이랑 푹 자고 있을 거야."

나찰염요의 눈가에 의혹의 빛이 일렁거렸다.

"그럼 지금 소란을 일으키는 자들은?"

"글쎄. 나도 잘 몰라. 어쨌든 그것보다 어서 빨리 이곳을 뜨자구."

무투광자는 주변을 살피다가 남쪽으로 방향을 잡고 달려가려고 했다.

나찰염요가 뒤늦게 생각났다는 듯이 그의 어깨를 잡으며 말했다.

"북서쪽으로 가요."

"왜?"

"그냥 그리로 가요."

그녀의 재촉에 무투광자는 별 대꾸 없이 곧바로 방향을 돌려 북서쪽으로 질주했다.

담우천과 나찰염요를 어깨에 메고서도 그는 폭발적으로

달려갔다.

그때였다. 담우천이 갑자기 입을 열었다.

"제단으로 가자."

한참 속도를 내며 질주하던 무투광자가 헛숨을 들이켰다.

"네?"

"제단. 저곳에 있는 여자들 중 청옥환을 끼고 있는 여자를 구해줘."

"그럴 시간이 없어요."

나찰염요가 다급하게 말했다.

아니나 다를까.

소란을 벌이던 자들이 모두 죽었는지 혹은 퇴각했는지 야경들이 다시 정렬하며 무너진 방위를 복구하고 있었다.

앞줄의 야경들은 다시 활에 화살을 재기 시작했다.

"안 돼. 그녀가 필요해."

그럼에도 불구하고 담우천이 딱 부러지게 말하자 무투광자는 한숨을 쉬며 중얼거렸다.

"젠장. 이래서 오기 싫었는데."

하지만 그는 말과 달리 서둘러 북쪽으로 방향을 틀고는 크게 도약을 했다.

두어 번의 도약만으로 제단 위로 뛰어오른 무투광자는 한 무더기로 엉켜 있는 반라의 여인들을 내려다보며 소리쳤다.

"누가 청옥환을 끼고 있느냐?"

여인들은 벌벌 떨며 대답하지 않았다. 다시 화살이 날아들기 시작했다.

무투광자는 귀찮다는 듯이 여인들을 아무렇게나 잡아당기며 일일이 확인했다. 여인들이 뾰족한 목소리로 비명을 내질렀다.

"너로군."

이윽고 청옥환을 끼고 있는 여인을 발견한 무투광자는 그녀를 제 품으로 끌어당겼다.

여인이 발버둥을 치자 담우천이 나지막한 소리로 말했다.

"늦게 와서 미안하오. 하지만 구해줄 테니까 걱정 마시오."

여인은 겁에 질린, 반쯤 넋이 나간 눈빛으로 담우천을 바라보다가 고개를 끄덕이며 무투광자의 가슴에 매달렸다.

무투광자는 그녀의 벌거벗은 몸에도 아랑곳하지 않고 말했다.

"두 다리로 내 허리를 꽉 감아. 떨어져서 죽기 싫으면."

여인은 기겁을 하며 양손으로 무투광자의 목을 꽉 쥐고 두 다리로 허리를 감았다. 무투광자는 그 자세 그대로 도약을 하려 했다.

하지만 그럴 수가 없었다.

어느새 대여섯 명의 여인이 그의 두 발을 얼싸안고 있었던 것이다.

"우리도 살려주세요!"

그녀들은 애절한 목소리로 외쳤다.

"젠장!"

무투광자가 인상을 찌푸렸다.

쏴아아! 폭우가 쏟아지는 소리와 함께 한 무더기의 화살이 제단 위로 날아들고 있는 것이다.

무투광자는 제자리에서 풀쩍 뛰었다. 쿵! 소리와 함께 제단이 진동했고 그 바람에 무투광자의 발을 잡고 있던 여인들이 모두 떨어져 나갔다.

무투광자는 재빨리 신형을 움직여 제단을 벗어났다. 아차 하는 순간, 화살들이 제단 위로 쏟아졌다.

미처 피하지 못하고 고슴도치가 되어버린 여인들이 비명을 내질렀다.

무투광자는 뒤도 돌아보지 않고 북서쪽으로 내달렸다.

냉정한 행동이었지만 누구 하나 탓하거나 입을 여는 사람이 없었다.

당연한 일이었다.

지금 그들에게 있어서 가장 중요한 것은 타인의 안위가 아닌, 자신들의 목숨이므로.

第五章
회광반조(廻光反照)

그 당당함이, 그 자신감이 부러웠던 것인지도 몰랐다. 너무나도 침착하고 여유가 있는 게 외려 반감이 들었는지도 몰랐다.

　　아니면 그녀가 늘 했던 말처럼, 결국 그녀의 남편으로 짐작되는 자가 이곳까지 찾아온 것에 대한 반발심 때문일 수도 있었다.

　　또는 다른 사람을 찾는 구원자는 왔는데, 왜 자신을 구하러 오는 사람은 없을까? 하는 아쉬움과 초조함 때문이었을지도 모른다.

## 1. 회상 사(四)

함께하는 시간이 많아지면서 자하는 점점 더 쾌활하고 유쾌하게 변했다.

별것 아닌 농담에도 까르르 크게 웃기도 하고 팔꿈치로 담우천의 옆구리를 치기도 했다.

그녀는 늘 눈빛을 반짝이며 담우천을 바라보았고 가끔은 콧잔등을 찌푸리거나 볼을 한껏 부풀리는 시늉을 하며 그를 웃게 만들기도 했다.

그녀는 아름다웠다. 처음부터 아름다웠지만 시간이 흐르면서 점점 더 아름다워졌다.

지나가는 행인들이 눈을 떼지 못할 정도로 그녀의 외모에서 빛이 흘러나왔다.

하지만 그녀는 오로지 담우천만을 바라보았다. 오묘한 미소를 머금기도 하고 흔들리는 눈빛을 보여주기도 하고 은근히 몸을 기대기도 하면서, 그녀는 조금씩 담우천에게 다가왔다.

담우천도 마찬가지였다.

북경부를 지나 북쪽으로 올라가는 여정 속에서, 그는 얼마 전까지 심각하게 고민했던 모든 것을 깨끗하게 잊을 수 있었다.

그는 자하의 미소를 보고 싶어서 어울리지 않는 농담을 했으며 자하의 웃음소리를 듣고 싶어서 괜히 엉뚱한 행동을 하거나 표정을 짓기도 했다.

그녀의 웃음은 담우천의 활력소가 되었다.

그에게 활기를 불어넣어 주었다. 그리고 담우천의 모든 것이 되었다.

처음 만난 지 석 달가량 흐른 어느 날, 마침내 그들은 한 몸이 되었다.

행복한 잠자리였다.

그리고 비록 자하가 처녀인지 아닌지는 알 수 없었지만 확실히 그녀의 경험이 많지 않다는 것만은 알 수 있었던 잠자리이기도 했다.

자하는 고통스러운 표정을 지은 채 연신 담우천을 밀어내며 침상 머리 쪽으로 기어 올라갔고, 담우천은 그런 자하의 양 어깨를 꽉 누른 채 최대한 부드럽게 몸을 움직였다.

자하는 입술을 깨물고 얼굴을 찌푸린 채로 신음을 삼켰다.

가늘고 긴 두 손으로는 담우천의 목을 끌어안은 채 온몸을 부들부들 떨었다.

담우천은 그런 자하의 모습이 너무나도 아름답고 가녀리게 느꼈다.

힘껏 쥐면 산산이 부서질 것만 같았다.

그는 저도 모르게 그녀의 귓가에 입술을 대고 속삭였다.

"사랑한다, 자하."

그녀는 두 팔과 두 다리로 담우천을 꽉 끌어안으며 앙다문 입술 사이로 신음처럼 대답했다.

"저두요. 당신을 사랑해요."

정사를 마친 후 담우천은 그녀가 처녀인지 아닌지 확인하는 식의 어리석은 짓을 하지 않았다.

처녀이면 어떻고 아니면 어떤가.

나를 만나기 이전보다 나를 만난 이후가 더 중요했다. 지금 내 곁에 있고 오로지 나만을 바라본다면 그게 바로 진짜 처녀가 아니겠는가.

과거는 단지 과거에 불과할 뿐이다.

그게 담우천의 평소 지론이었다. 하지만 그럼에도 불구하고 담우천은 자신의 과거에 대해서 그녀에게 이야기를 해야 한다고 생각했다.

그에게는 수많은 적이 있었다. 그를 죽이려 하는 세력들이나 복수를 꿈꾸는 자들로 인해 앞으로의 삶이 평탄하지 않을 게 분명했다.

앞으로 이름을 감추고 신분을 감춘 채 살아가야 하는 담우천이었다.

그러니 사실대로 말해주어야 했다. 담우천과 함께 살기 위해서는 그만한 각오를 해야 했으니까.

담우천은 제 팔에 머리를 얹고 부끄럽다는 듯이 품으로 파고들기만 하는 자하의 얼굴을 끌어당기며 입을 열었다.

그는 자신의 신분과 자신이 처한 상황에 대해서 담담하게 이야기해 주었다.

그리고 마지막으로 자신과 함께 산다는 게 결코 쉽지 않을 거라고 이야기할 생각이었다.

하지만 그 이야기를 하기 전에 자하가 잠자기 달려들어

그에게 입을 맞췄다.

한없이 감미로운 입맞춤이었다.

이윽고 자하는 입술을 떼고 담우천을 쳐다보았다. 그녀의 깊은 눈빛 안에 담우천이 새겨져 있었다. 그녀는 조그만 목소리로, 하지만 그 어느 때보다도 진지한 결의를 담은 채 속살거렸다.

"상관없어요. 당신과 함께라면 지옥도 두렵지 않아요. 죽는 건 하나도 무섭지 않아요."

그녀는 문득 붉은 혓바닥을 살짝 내밀고는 개구쟁이처럼 웃으며 말을 이었다.

"게다가 방금 한 번 죽었으니까요."

## 2. 먼동이 트고 있다

"뭐야, 이건?"

소란이 시작되었을 때, 원화는 불길한 예감을 감추며 버럭 소리쳤다.

미후신 또한 초조한 기색을 숨기지 못한 채 소란이 일어난 곳으로 시선을 돌렸다.

그들의 시야에, 같은 무리로 변장한 채 야경들을 공격하고 있는 몇 명의 모습이 들어왔다.

그 수는 적지만 하나같이 만만치 않은 실력을 지난 자들이었다.

"도대체 저자들은 또 뭐지? 동료들인가?"

원화가 그렇게 중얼거릴 때였다. 동남쪽 포위망이 단번에 뚫리더니 거대한 체구의 중년인이 크게 소리치며 담우천에게로 달려갔다.

"형님!"

단숨에 포위망을 뚫고 그들에게 달려간 중년인은 곰이 새끼들을 챙기듯 두 사람을 어깨에 멘 채, 도주 방향을 찾는 것처럼 주위를 둘러보았다.

"화살을 쏘라구! 어서!"

원화가 주먹을 휘두르며 소리쳤다.

하지만 자신들의 뒤쪽에서 정체를 알 수 없는 자들이 살수를 펼치고 있는 마당에 어느 누가 담우천을 향해 화살을 퍼부을 수 있겠는가.

야경들은 일제히 돌아서서 자신들을 기습한 자들과 한데 뒤엉켜 싸우고 있었다.

"젠장, 이러다가 놈들을 놓치겠소! 어떻게 방법을 취해 보시오, 미후신!"

원화가 발을 구르며 미후신에게 소리쳤다.

미후신은 냉정을 잃지 않으려는 듯 최대한 침착한 표정

을 지으며 말했다.

"정 그렇게 답답하시면 직접 뛰어들어서 저들의 발을 묶어놓는 건 어떠세요?"

원화가 입을 다물었다.

그걸 왜 생각하지 않았겠는가.

마음 같아서는 지금 당장에라도 한걸음에 달려가 놈들의 목을 베고 싶었다.

하지만 상대는 원화가 감당할 수 없는 고수들.

아무리 큰 부상을 입었다고는 하지만 맹수는 어디까지나 맹수였다.

아니, 부상을 입은 맹수가 더 흉포하다고 하지 않는가.

그래서 원화는 미후신의 비아냥거림이 섞인 이야기에 대꾸할 수가 없었다. 상대해 봤자 자신의 초라함만 드러나게 될 테니까.

그때 미후신이 길게 휘파람을 불었다. 높은 음의 휘파람 소리가 새벽하늘 멀리 퍼져 갔다.

야경들은 그 소리에 반응하여 곧바로 움직였다. 앞줄의 야경들은 앞으로 세 걸음 나서고 뒷줄의 야경들은 뒤로 세 걸음 물러났다.

일순, 두 겹의 포위망 가운데 넓은 공터가 생겼다. 그 텅 빈 자리에는 몇몇 야경이 이 갑작스런 움직임에 당황한 채

서 있었다.

바로 그자들이었다. 동료로 변장하고 소란을 일으킨 적
들이었다.

"놈들을 해치워라!"

미후신의 지시가 채 끝나기도 전에 야경들은 양쪽에서
그자들을 향해 화살을 쏟아부었다. 기습자들은 황급히 도
망치기 시작했지만 때는 늦었다. 수십 발의 화살이 그들의
전신을 파고들었다.

소란은 그것으로 끝났다.

단번에 기습자들을 해치운 야경들은 다시 화살을 재며
공터로 시선을 돌렸다.

그러나 담우천 일행은 이미 그 자리에서 벗어나 북서쪽
으로 질주하고 있었다.

야경들이 화살을 겨눴다. 그걸 눈치챘을까. 거대한 체구
의 중년인이 갑자기 방향을 바꾸더니 제단 위로 뛰어올랐
다.

한 차례의 화살들이 아쉽게 허공을 갈랐다. 야경들은 다
시 시위를 재고 제단을 향해 화살을 날렸다.

이번에도 한 발 늦었다. 중년인은 화살을 피해 아슬아슬
하게 몸을 날렸고, 그 바람에 애꿎은 여인들만 죽음을 맞이
했다.

그렇게 두 차례의 위기를 벗어난 중년인은 곧장 북서쪽으로 질주하기 시작했다. 북서쪽의 야경들이 활을 겨누고 쏘아댔다.

중년인은 이리저리 몸을 날려 화살을 피하면서도 계속하고 북서쪽으로 질주했다.

북서쪽 야경들이 다시 화살을 먹이려는 바로 그 순간, 그들의 뒤쪽에서 우렁찬 함성이 터져 나왔다.

"죽어라!"

조금 전 기습자들이 일으켰던 소란 때문이었을 것이다. 북서쪽의 야경들은 화들짝 놀라며 반사적으로 뒤를 돌아보며 방어 자세를 취했다.

또한 그들은 동료들을 믿지 못하는 듯 멀찌감치 거리를 두며 서로를 둘러보았다. 그러나 함성을 터뜨린 자는 어디에도 보이지 않았다. 또한 동료들을 향해 살수를 펼치는 자들도 없었다.

'속은 건가?'

야경들의 얼굴이 일그러졌다. 고함 소리 하나로 단단하던 진영이 순식간에 무너진 것이다.

뒤늦게 야경들이 다시 진열을 가다듬으려는 순간, 세 명을 안고 멘 채로 폭주하던 중년인이 야경들의 머리 위를 날아올랐다.

야경들이 어어! 하는 사이, 그는 단숨에 그들을 지나쳐 어둠 저 밖으로 모습을 감췄다.

"뭣들 하는 거야? 어서 놈들을 쫓지 않고!"

지켜보고 있던 원화가 목이 터져라 소리쳤다. 하지만 야경들은 움직이지 않았다. 미후신의 명령이 떨어지지 않은 것이다.

원화는 눈에 불을 켠 채 그녀를 돌아보았다.

"오늘은 이렇게 끝나네요."

미후신이 고개를 저으며 말했다.

"그게 무슨 소리요? 이대로 끝낼 수는 없소!"

원화는 금방이라도 미후신을 잡아먹을 듯이 노려보며 소리쳤다.

"반드시 놈들을 잡아 죽여야 하오! 상부에서 이 일을 알기 전에……."

"늦었어요."

미후신은 차분한 표정으로 말했다.

"이미 저들은 만반의 준비를 하고 온 상태였어요. 설마하니 느닷없이 기습자들이 나타나 소란을 일으킨 거라고는 생각하지 않겠죠?"

원화는 입만 뻐끔거렸다.

할 말이 생각나지 않는 게다.

"기습조를 대기하고 있었다면 반드시 도주로도 미리 확인하고 준비해 두었을 거예요. 그런 상황에서, 괜한 오기와 자존심만으로 무작정 그 뒤를 쫓다가는 외려 저들의 함정에 빠질 수도 있어요."

게까지 말한 미후신은 길게 숨을 토해냈다.

그것만으로도 답답하던 마음이 한결 개운해진 모양이었다.

그녀는 조금 더 활기찬 목소리로 말을 이어 나갔다.

"실수를 저질렀으니 벌을 받는 건 당연하죠. 두려워하지 말자구요. 설마하니 겨우 이번 한 번의 실수로 우리를 죽이기야 하겠어요? 대신……."

일순 그녀의 눈빛이 매섭게 빛났다. 그녀는 담우천 일행이 도망친 북서쪽을 노려보듯 응시하며 말했다.

"두 번의 실수는 없어야겠죠. 그러니… 한시라도 빨리 놈들이 누구인지, 무슨 이유로 야시를 찾아와 행패를 부렸는지, 또 저들의 배후에 누가 있는지 세세하게 조사해서 알아내야 해요."

미후신은 담우천 일행이 거대한 조직의 일원이라고 추측했다.

사실 어지간한 세력이 아니고서는 담우천과 같은 초절정의 고수를 키워낼 수가 없으니까.

또 이후 보여주었던 저들의 기민하고도 재빠른 대응, 그러니까 몇몇 기습자가 소란을 일으키고 그 틈을 타서 위기에 빠진 동료들을 구해내는 솜씨 같은 건 확실히 훈련된 정예 조직의 움직임이 분명했다.

그러니 저들의 뒤에 태극천맹이나 혹은 그에 버금가는 세력이 존재하고 있을 거라는 게 미후신의 당연한 추측일 수밖에 없었다.

"누구든… 설령 저들이 태극천맹의 정예들이라 해도 상관없어요. 감히 야시를 업신여기고 소란을 일으킨 죄, 반드시 그 책임을 물어 배후에 있는 모든 자를 죽여 없애겠어요. 그게 바로 우리 야시가 수백 년 동안 유지될 수 있었던 이유 중의 하나이니까요."

미후신의 결연한 어조에 원화는 저도 모르게 고개를 끄덕이고 있었다.

그녀의 말은 하나같이 옳고 당당했다.

확실히 십이지회를 이끌어 나가는 여장부임이 분명했다.

하지만 그 와중에도 원화의 눈빛에는 불안과 두려움의 기색이 스며들고 있었다.

'과연 그녀 말대로 상부에서 우리를 내치지 않을까?'

바로 그런 걱정이 오을신 원화의 가슴을 무겁게 만들고

있는 것이다.

평소 상부의 처리를 보건대, 원화가 자신의 안위와 미래에 대해 걱정하는 건 당연했다.

그때 문득 그의 머리 위로 무언가 차가운 것이 떨어졌다. 그는 고개를 들었다.

"젠장, 비까지 오는군."

원화가 투덜거렸다.

후두둑! 소리와 함께 비가 내리기 시작했다. 그리 심하게 내릴 비는 아니었지만 안 그래도 우울하고 불안한 상태에서 비를 맞으니 더욱 기분이 나빠졌다.

그렇게 원화가 심통난 얼굴로 짜증을 내고 있을 때 미후신은 시녀를 돌아보며 말했다.

"적의 시신들을 확인해라."

시녀가 황급히 허리를 숙였다.

"얼굴과 무공의 특징, 그리고 용모파기를 확실하게 해둔 다음 시체들을 무한으로 가지고 돌아간다. 그리고 최대한 빨리 제단을 비롯하여 막사들을 모두 치워라. 조금의 흔적도 남기면 안 된다."

"그리 전하겠습니다."

시녀가 사라졌다.

미후신은 다시 북서쪽으로 고개를 돌렸다. 아름다운 그

녀의 얼굴에 서릿발처럼 매서운 기세가 스며들었다.

빗방울이 점점 굵어지는 가운데 어느새 먼동이 트고 있었다.

기나긴 하룻밤이 그렇게 사라져 가고 있었다.


### 3. 약장수


갑작스레 내리기 시작한 비로 인해 시계(視界)가 불투명해졌다.

하지만 포위망을 한달음에 돌파한 무투광자는 속도를 늦추지 않고 달렸다.

언제 적이 추격할지 모르는 상황, 최대한 야시에서 멀리 떨어져야 했다.

"오른쪽으로 방향을 트세요."

나찰염요가 죽어가는 목소리로 말했다.

"괜찮아, 몸은?"

무투광자가 걱정스럽다는 듯이 물었다.

사실 폭주에 가까운 신법을 펼치고 있는 와중에 그렇게 말을 한다는 건 생각보다 난이도가 높은 일이었다.

일반 고수들은 꿈에도 생각할 수 없는 행동이기는 했지만, 무투광자의 내공을 생각하자면 그리 대수로운 일이 아니기도 했다.

"괜찮아요. 그것보다도 빨리 방향을 바꿔요."

"왜?"

"그냥 내 말에 따라주세요."

말 한 마디를 하는 게 벅찬 듯 그녀는 숨을 몰아쉬었다.

사실 다른 사람의 귀에는 전혀 들리지 않았지만 여전히 그녀의 귓전으로는 누군가의 전음성이 이어지고 있었던 것이다.

[나를 따라오게.]

[오른쪽으로 방향을 바꾸게.]

무투광자에게 그런 속사정을 일일이 설명하기에는 나찰염요의 체력이 현저하게 저하된 상태였다. 그래서 그녀는 꼭 필요한 말만 하고 있었다.

그게 불만인 듯 무투광자는 체구에 걸맞지 않게 입술을 삐죽였다. 하지만 그는 곧 그녀의 지시대로 방향을 바꿔 달렸다.

그 후로도 몇 차례 더 나찰염요의 지시가 있었고 그는 고분고분하게 그녀의 말에 따라서 방향을 틀었다.

이미 날은 밝은 지 오래. 쏟아지는 빗줄기는 가늘어졌다가 굵어지기를 반복하고 있었다. 흠뻑 젖은 땅에는 군데군데 흙탕물이 고였다.

어느덧 무투광자는 넓은 들판을 지나 이름 모를 산등성이를 오르고 있었다.

아직 추운 날씨인 데다가 비까지 내리고 있었지만 아직 추운 날씨였지만 그의 전신은 땀으로 흠뻑 젖어 있었다. 벌써 반 시진가량이나 세 명을 메고 안은 채 전력을 다해 달리고 있는 것이다.

"이제 오른쪽으로 돌면 동굴이 나올 거예요."

무투광자는 나찰염요의 말에 따라 방향을 틀었다. 우거진 수풀 사이로 산기슭이 보였다.

그 산기슭을 향해 다가서던 무투광자가 문득 걸음을 멈췄다.

"누군가 있다."

그는 잡초와 수풀로 우거진 기슭을 노려보며 그렇게 중얼거렸다. 나찰염요가 힘겹게 말했다.

"그를 만나러 온 거예요."

"누군데?"

"나도 잘 몰라요."

"모르는 사람을 만나러 와?"

"그가 우리를 탈출시켜 줬으니까요."

"응?"

무투광자의 눈매가 휘어졌다. 그는 잠시 생각하다가 고개를 끄덕이며 물었다.

"그였나?"

"네, 그였어요."

뜬구름 잡는 듯한 대화였다.

　하지만 무투광자는 나찰염요의 불친절한 이야기에도 불구하고, 지금 만나고자 하는 이가 기습조를 부려 소란을 일으킨 장본인임을 알아차렸던 것이다.

　무투광자는 성큼성큼 앞으로 걸어 나갔다.

　무성한 수풀과 잡초를 헤치자 동굴 하나가 입을 드러냈다.

　그냥 기슭인 줄 알았는데 절묘하게도 그곳에는 수풀에 가려진 동굴이 숨어 있었던 것이다.

"실례하겠소."

　무투광자는 무뚝뚝하게 말하며 동굴 안으로 들어갔다. 동굴은 좁은 통로로 길게 이어져 있었다. 무투광자는 허리를 구부린 채 조심스레 안으로 걸어갔다.

　스무 걸음 정도 걷자 동굴이 갑자기 넓어졌다. 그 한가운데 누군가 가부좌를 튼 채 앉아 있었다. 무투광자가 다가오자 그는 갑자기 불을 밝혔다.

　한동안 어둠에 익숙해져 있던 무투광자는 저도 모르게

눈을 가늘게 떠야만 했다.

일흔 내외로 보이는 나이에 비해 홍안(紅顔)을 지닌 노인이었다.

노인은 자그마한 체구에 소년처럼 해맑은 미소를 띤 채 무투광자를 쳐다보고 있었다.

"뭐하나, 이제 다들 내려놓지 않고."

그 말에 무투광자는 퍼뜩 정신을 차리고 담우천과 나찰염요, 그리고 청옥환을 끼고 있는 여인을 내려놓았다. 그러다가 무투광자는 저도 모르게 신음을 흘렸다.

"이런……."

언제 맞은 것일까. 반라의 여인 등에 두 대의 강철 화살이 깊숙하게 꽂혀 있었다.

아마도 북서쪽 포위망을 뚫을 때, 야경들이 마구잡이로 날린 화살에 당한 게 분명했다.

"이런 실수를."

무투광자는 얼굴을 찌푸렸다.

확실히 실수였다.

저 두 대의 화살은 만약 그녀가 아니었더라면 제 가슴을 꿰뚫을 화살이었으니까. 그것은 담우천과 나찰염요의 안위에만, 그들이 화살을 맞지 않는 데에만 신경을 집중했기에 벌어진 일이었다.

무투광자를 대신하여 화살에 격중당한 여인은 혼절한 채 정신을 차리지 못하고 있었다.

무투광자가 손을 내밀어 그녀의 맥문을 짚었다. 그의 안색이 더욱 검게 물들었다.

"가망이 없겠군."

가부좌를 틀고 있던 노인이 그 광경을 보고는 담담하게 말했다.

"이미 한계가 넘었어. 반각이나 남았을까. 그렇게 힘들게 구출해 온 이유가 있을 텐데 아깝게 되었네."

그때였다.

"노인장의 약이라면 어떻소?"

죽은 듯 바닥에 누워 있던 담우천의 입이 열렸다. 노인과 무투광자가 그를 돌아보았다.

축 늘어져 있는 담우천이 힘겹게 눈을 뜬 채 노인을 쳐다보고 있었다.

"내가 누구인지 알아보겠는가?"

노인이 반색하며 물었다. 담우천은 힘없는 목소리로 중얼거리듯 말했다.

"주름이 없어지고 얼굴이 변하기는 했지만 확실히 내게 약을 판 노인장이 아니오?"

"역시 내 생각대로야. 눈썰미까지 뛰어나군. 그래, 바로 내가 그 약장수일세."

노인은 기쁘다는 투로 말했다.

"어떤가? 내 약이 확실히 대단하지 않는가?"


4. 미안해요


"그래서 묻는 거요."

담우천이 말했다.

"저 여인, 노인장의 약이라면 살릴 수 있소?"

노인은 죽어가는 여인을 힐끗 본 후 고개를 저었다.

"너무 많이 늦었네. 대라신선(大羅神仙)이 와도 안 될 걸세. 아무리 삼정활혼단이 천하의 명약이라 하더라도 그녀를 살릴 수는 없네. 기껏해야 불과 반각 정도, 정신을 차릴 수 있게 할 정도겠지."

"그것으로 충분하오."

담우천은 무투광자를 돌아보며 말을 이었다.

"내 품에 약이 있네. 그걸 꺼내 저 여인에게 먹이게."

"그나저나 형님은 괜찮소?"

무투광자가 그에게 다가와 앉으며 물었다. 담우천은 힘겹게 미소를 지으며 말했다.

"괜찮아. 도와줘서 고맙네."

"고맙기는요."

무투광자는 쑥쓰러운 듯 기침을 하며 약을 꺼냈다. 그리고 서둘러 여인에게 다가가 약을 먹였다.

혼절한 그녀가 약을 삼키지 못하자 그는 그녀의 입에서 약을 도로 꺼내 제 입에 넣었다. 그는 우물거리며 약을 녹인 다음 여인의 입을 벌리고 자신의 침과 섞인 액체를 흘려 넣었다.

그 후 여인의 목을 뒤로 젖혀서 그 액체가 목구멍을 타고 넘어갈 수 있도록 한 다음, 맥문을 쥐고 조심스럽게 진기를 불어넣었다.

그 일련의 행동 속에서도 무투광자는 몇 번이나 나찰염요를 힐끗거렸다.

잠든 듯 죽은 듯 꼼짝하지 않고 누워 있는 그녀의 안위가 걱정스러웠던 것이다.

노인이 눈치를 챈 듯 흘흘거리며 말했다.

"그녀는 괜찮을 게야. 체력이 밑바닥까지 소진된 까닭에 잠시 잠든 것뿐이네."

"누가 뭐랬소?"

무투광자가 툴툴거렸다. 그때였다.

"으음……."

그의 품안에 누워 있던 여인이 희미한 신음을 흘리며 정신을 차렸다.

무투광자가 그녀를 바닥에 뉘였다. 여인은 몇 차례 눈을 끔뻑이다가 힘들게 눈을 떴다. 삼정활혼단의 약효 때문이었을까. 그녀의 창백한 얼굴로 혈색이 돌아오는 게 보였다.

회광반조(廻光返照)…….

죽기 직전, 마치 건강을 되찾은 듯한 모습을 보이는 짧은 시간을 두고 그리 말하는 법이다. 꺼지기 직전의 마지막 밝음이라고.

"사, 살려주세요……."

여인은 아직도 겁에 질린 목소리로 그렇게 중얼거렸다. 이곳이 어딘지, 그녀를 둘러싼 자들이 누구인지 상관없이, 그녀는 오직 살려달라는 말만 하고 있었다.

그것만으로도 그녀가 얼마나 많은 고초와 고통을 겪었는지 충분히 알 수 있었다.

담우천이 침착하게 말했다.

"늦어서 미안하오."

여인은 눈을 끔뻑거리며 당황해하다가 담우천을 돌아보았다. 담우천은 희미하게 웃으며 말했다.

"좀 더 일찍 구해주고 싶었는데… 노력했는데……. 그게 내 뜻대로 되지 않았소. 정말 미안하오."

지금 저 여인을 두고 자하를 떠올리는 것일까. 아니면 진심으로 그녀에게 미안하다고 말하는 것일까.

담우천은 다른 사람들은 이해할 수 없는 말을 계속해서 그녀에게 하고 있었다.

"하지만 걱정 마시오. 이제 당신은 자유의 몸이오. 내가 그자들에게서 당신을 구해냈소. 그러니 이제 당신은 아무 걱정할 필요가 없소."

멀뚱멀뚱 그를 바라보고 있던 여인이 갑자기 왈칵 눈물을 흘리며 엎드렸다.

그녀는 두 손으로 얼굴을 가린 채 흐느끼며 입을 열었다.

"미안해요. 정말 미안해요."

눈물 섞인 목소리.

담우천이 담담하게 말했다.

"괜찮소. 미안할 것 없소."

"아뇨, 제가 거짓말을 했어요."

담우천의 눈빛이 흔들렸다.

"거짓말이라니?"

"언니… 자하 언니 말이에요."

손가락 하나 움직일 힘도 없어서 죽은 듯이 누워 있던 담우천이 거짓말처럼 벌떡 일어나 앉았다. 그는 그녀를 잡아

먹을 듯이 다가서며 물었다.

"자하? 자하가 어쨌소?"

"자하 언니가 죽었다는 건 거짓말이에요."

여인은 계속 흐느끼며 말했다.

"아저씨를 본 순간 화가 났었어요. 왜인지는 모르겠지만 무작정 화가 솟구쳐서 그만……. 미안해요."

"아니, 미안할 것 없소. 자하 이야기를 더 해주시오. 그녀는, 그녀는 지금 살아 있소?"

담우천이 닦달했지만 그녀는 계속해서 엉뚱한 이야기만 할 뿐이었다.

"언니가 늘 이야기했거든요. 무슨 일이 있더라도 자신만 살아 있으면 된다구요. 그러면 언니의 남편이 반드시 자신을 찾아올 것이라구요. 자신을 구해줄 것이라구요."

담우천은 질끈 입술을 깨물었다. 입술이 터져 피가 흘렀지만 그는 그것도 눈치채지 못할 정도로 여인의 이야기에 정신을 집중하고 있었다.

"그날… 언니가 놈들에게 끌려 나간 그날도 그렇게 말하셨어요. 어떤 일이 있더라도 죽을 생각은 하지 말라고. 살아만 있다면 반드시 누군가가 너희를 찾아와 구해줄 것이라고 말이에요."

그 당당함이, 그 자신감이 부러웠던 것인지도 몰랐다. 너

무나도 침착하고 여유가 있는 게 외려 반감이 들었는지도
몰랐다.

아니면 그녀가 늘 했던 말처럼, 결국 그녀의 남편으로 짐
작되는 자가 이곳까지 찾아온 것에 대한 반발심 때문일 수
도 있었다.

또는 다른 사람을 찾는 구원자는 왔는데, 왜 자신을 구하
러 오는 사람은 없을까? 하는 아쉬움과 초조함 때문이었을
지도 모른다.

그 모든 것이 한꺼번에 뒤섞이는 바람에 그녀는 그토록
자신을 아끼고 보살펴 주던 언니를 제멋대로 죽었다고 말
한 것이다.

"언니는 이걸 끼고 있으면 반드시 자신의 남편이 구해줄
것이라며 제게 반지를 건네줬어요. 그런 고마운 언니인
데……."

담우천이 연신 흐느끼며 엉뚱한 소리만 하고 있는 그녀
의 어깨를 흔들며 재촉했다.

"자하는, 그녀는 지금 어디에 있소? 제발 말해주시오!"

第六章
참마붕방(斬魔朋幇)

"정말 언니 말이 맞았어요. 반드시 구하러 오셨네요. 나도 언젠
가는 아빠가 구해주러 오겠……."

그 말을 유언처럼 남기고 그녀는 죽었다. 채 피지도 못한 꽃이
그렇게 시들어 버렸다. 그녀의 시신을 앞에 두고 누구 하나 입을
열지 않았다. 고요한 침묵이 먼지처럼 내려앉고 있었다.

## 1. 소진(蘇縉)

그녀의 이름은 소진(蘇縉)이었다.

약 넉 달 전, 자신의 규방에서 잠을 자다가 누군가에 의해 납치를 당한 그날 이후 두 달 동안 그녀의 눈에서는 눈물이 마를 날이 없었다.

"처녀니까 건들면 안 된다. 비싸게 팔 수 있을 게다. 대신 교육은 철저하게 시키고."

정신을 차린 그녀가 맨 처음 들은 말은, 모자를 깊이 눌러쓴 낯선 중년인이 벌거벗은 제 몸을 내려다보며 수하들에게 내리는 지시였다.

험상궂게 생긴 세 명의 사내가 음흉한 미소를 머금은 채 그녀의 전라를 훑어보고 있었다.

그녀는 황급히 일어나 앉으며 몸을 가렸다.

"오호, 깨어났구나."

중년인은 피식 웃으며 두 팔을 벌렸다.

"환영한다, 천당에 온 것을."


그날부터 소진은 단 하루도 울지 않은 날이 없었다.

벌거벗은 채로 감옥에 갇혔을 때에도 그녀는 울었다. 그곳에서 그녀와 똑같은 처지의 여인들을 만나게 되었을 때에도, 감옥 밖에서 사내들이 내갈기는 오줌에 온몸이 젖었을 때에도 그녀는 울다가 매를 맞았다.

따로 용변을 볼 곳이 없어서 옥 밖에서 사내들이 처다보고 있음에도 불구하고 어쩔 수 없이 똥을 싸고 소변을 봐야할 때도 그녀는 울고 또 울었다.

사내들은 그녀에게 온갖 수치와 모멸감을 심어주었다. 그들이 하는 행동과 말들은 그녀의 자존심을 짓뭉개고 모든 것을 체념하게 만들었다.

열여덟 나이로 견뎌내기에는 너무나도 치욕적이고 부끄러운 일들이 한 달 내내 이어졌고, 결국 소진은 스스로 인간임을 포기하고 말았다.

"이제 슬슬 시작해 볼까."

사내들은 그녀를 옥 밖으로 데리고 나와 깨끗하게 씻겼다.

가슴은 물론 소중한 그곳까지, 사내들은 거칠고 투박한 손길이 와 닿았다.

그러나 소진은 부끄러워하지 않았다. 그녀는 사내들이 시키는 대로 움직였다. 사내들이 자신들의 몸을 애무하고 물건을 빨아달라고 요구했을 때도 그녀는 거부하지 않았다.

그렇게 다시 한 달 동안 그녀는 사내들에게 애무의 훈련을 받은 후, 새로운 방으로 끌려가게 되었다.

그곳은 예전 그녀의 규방이 떠오르는, 느낌 좋은 향기가 나는 정갈한 거처였다.

소진은 그곳에서 비단옷을 입은 채 영양가 높고 맛있는 음식들을 먹을 수 있었다.

납치되고 나서 처음으로 그녀는 울지 않고 잠들 수가 있게 되었다.

시간은 천천히 흘렀다. 지난 두 달 동안의 고생으로 인해 삐쩍 말랐던 그녀의 몸이, 원래의 청순하면서도 육감적인 몸매로 되돌아가는 데에는 그리 오랜 시간이 걸리지 않았다.

그녀는 행복하다고 생각했다.

밤마다 사내들이 찾아와 온갖 애무와 기괴한 자세를 요구할 때에도 그녀는 행복하다고 느꼈다. 지난 두 달 동안 당했던 걸 생각하면 그녀는 이렇게 살아가는 것도 나쁘지 않다고 생각했다.

사내들은 서로를 돌아보며 고개를 끄덕였다.

직접적인 정사(情事)만 제외한다면 그녀는 이미 색(色)에 대한 모든 기법을 익혔다.

그녀의 정신 상태 또한 철저하게 이곳에 적응된 상태였다.

이제 그녀를 비싸게 사 갈 주인만 찾으면 되는 것이다.

그들은 상관에게 보고했고 상관은 다시 그녀를 새로운 곳으로 데리고 갔다.

그곳에는 소진처럼 철저하게 교육받은 여인들이 모여 있었다.

납치된 지 두 달에서 네 달 사이의, 은자 오만 냥 이상의 상품가치를 지닌 여인들이었다.

소진이 자하를 만난 게 바로 그곳이었다. 아름답고 요염하고 청순한 미녀들만 모인 그 자리에서도 가장 눈에 띄는 여인이 바로 자하였다.

총명함의 눈빛이 사라진 그곳에서 오직 한 명, 그녀의 눈빛만이 영롱하게 반짝이고 있었다.

"내 이름은 자하야. 만나서 반가워."

우연히 같은 방을 쓰게 된 후 자하는 웃으며 자신을 소개했다. 소진은 그녀가 미쳤다고 생각했다.

반가워? 이런 곳에서 만난 게? 남자들의 배설물을 받는 도구로 전락했는데, 몇 개월 동안이나 그런 교육을 받았는데도 저렇게 웃으면서 말할 수가 있는 거야? 부끄럽지도, 수치스럽지도 않은 거야?

소진은 처음부터 자하가 싫었다.

자신보다 나이가 훨씬 많으면서도 깨끗하고 투명하게 빛나는 피부를 가지고 있는 것도 싫었다. 육감적이면서도 기이한 성스러움이 느껴지는 그녀의 미모도 미웠다. 곁에 있으면 괜히 사람 주눅이 들게 만드는 묘한 위압감도 마음에 들지 않았다.

하지만 자하는 친절하고 다정했다. 그녀는 소진을 막내 동생처럼 대하고 위해 주었다.

그 따스한 빛에 소진은 얼어붙어 있던 마음이 천천히 녹기 시작했다.

그리고 며칠 지나지 않아 소진은 그녀를 친언니처럼 따랐다.

또한 자하는 소진에게 희망을 잃지 말라고, 반드시 누

군가 너를 구하러 찾아올 것이라고 매일처럼 말해주었다.

"찾아올 거면 벌써 왔겠죠."

소진은 오래간만에 눈물을 글썽거렸다.

"아니, 희망을 버리지 마. 놈들이 우리에게 하는 모든 것이 바로 그거거든, 우리의 희망을 꺾는 것. 그러니까 다른 건 몰라도 희망 하나만 버리지 않고 간직한다면 결코 놈들에게 꺾이지 않을 거야."

자하는 소진을 달래고 위로하고 또 기운을 북돋워 주었다.

"내 남편이 올 때까지만 기다리자. 그러면 모든 게 해결될 거야."

이윽고 소진은 그녀의 품에 쓰러지듯 안기며 말했다.

"저도 기다릴게요. 언니 남편이 빨리 오기를."

그녀는 제 품에서 흐느끼는 소진의 머리를 쓰다듬으며 주문처럼 계속해서 중얼거렸다.

"그래, 그이가 오면 해결될 거야."


자하를 알게 된 지 보름여가 흐른 후, 거대한 대전에 모든 여인이 모이는 날이 왔다.

얼굴을 가면으로 가린 사람들이 이 층 난간에 모여서 그녀들을 지켜보았다.

아마도 연락을 받고 전국 각지에서 모여든 최고 상류급의 인사들이 분명했다.

이곳을 관리하는 이들이 깍듯하게 그들을 대하는 걸 보면 말이다.

"옷을 벗어라."

예의 그 모자를 깊게 눌러쓴 중년인이 손뼉을 치며 주위를 환기시키고는 그렇게 말했다.

여인들은 순순히 옷을 벗었다. 소진의 곁에 서 있던 자하도 망설이지 않고 옷을 벗었다.

"명심해. 반드시 살아남아야 해. 누군가 너를 찾아왔을 때 반드시 널 구출할 수 있도록 살아 있어야 해. 살기 위해서 무슨 짓을 해도 상관없어. 네가 누구인지만 기억하면 돼."

자하는 소진에게 늘 그렇게 말해주었다. 어쩌면 그녀 스스로에게 다짐하는 말일지도 몰랐다.

모든 여인이 실오라기 하나 걸치지 않은 전라의 모습으로 서 있었다. 가면 쓴 자들이 이 층에서 하나둘씩 내려오더니 여인들 사이를 돌아다니며 몸매를 감상하고 건강을 확인했다.

어떤 이는 마치 소를 사는 것처럼 여인들의 입을 벌려 치아를 보거나 또 엉덩이와 음부(陰部)를 만지면서 고개를 끄덕이기도 했다.

"저 아이로 하겠네."

가면 쓴 자들은 마음에 드는 여인이 있으면 그렇게 중년인에게 말했다.

그 즉시 지명받은 여인은 대기하고 있던 사내들에게 건네져 대전을 빠져나갔다.

그런 지명을 받은 여인은 대전에 모여 있던 백여 명 중에서 불과 일곱 명뿐이었다.

소진은 그 지명을 받지 못했지만, 자하는 일곱 명 중의 한 명이 되었다.

자하가 지명되는 순간 소진은 또 다시 눈물을 흘렸다. 그녀를 떠나보내는 아쉬움과 자신이 아닌 그녀가 지명되었다는 분함이 뒤섞인 눈물이었다.

그걸 아는지 모르는지 자하는 재빨리 손에서 반지를 빼내어 소진에게 쥐어 주었다.

"이걸 끼고 있으렴. 반드시 내 남편이 너를 구해줄 테니까. 그리고……."

그녀는 자애롭게 웃으며 말을 이었다.

"혹시 나보다 먼저 그이를 만나게 되면 이렇게 전해줘. 살아 있을 테니까, 다시 만날 때까지 기다리고 있을 테니까 반드시 와 달라고 말이야."

그게 끝이었다.

자하는 다른 여섯 명의 여인처럼 사내들에게 이끌려 대
전을 빠져나갔다.

가면 쓴 자들 또한 더 이상 볼일이 없다는 듯이 퇴장하였
다.

대전의 불이 꺼졌다.

우울할 정도로 어두운 침묵을 뚫고 예의 그 중년인이 입
을 열었다.

"일곱 명이라. 역시 이번에는 괜찮은 아이들이 많았어.
다들 고생했다. 이제 너희는 돌아가도 좋다."

소진은 그 말을 듣고 하마터면 자신의 집으로 돌아가도
좋다는 뜻으로 착각할 뻔했다.

그러나 중년인의 말이 끝나기가 무섭게 대전의 문이 열
리며 새로운 사내들이 우르르 몰려들었다. 소진은 그중 몇
명의 얼굴을 기억하고 있었다. 한 달 내내 그들의 몸과 그
곳을 빨고 핥아주었던 사내들.

그들은 소진에게 다가와 아쉽다는 듯이 말했다.

"아깝게 되었다. 네가 뽑혔다면 우리들도 큰 포상을 받을
수 있었는데."

다른 사내가 말했다.

"어쨌든 이제 너는 야시로 가서 주인을 찾아야 한다. 되도록 비싼 값에 팔리기를 기원하마."

소진은 겁에 질린 채 물었다.

"거기에서도 팔리지 않으면 어떡하죠?"

사내 중 한 명이 흐흐 웃으며 말했다.

"그렇게 된다면 지옥으로 가겠지."

소진은 온몸을 부르르 떨었다. 사내 하나가 그녀의 가슴을 움켜쥐며 말했다.

"그리 겁낼 건 없다. 너 정도라면 충분히 팔릴 테니까."

소진은 손가락에 낀 청옥환을 매만지면서 기도했다, 야시라는 곳에서 반드시 자신이 팔리기를.


2. 귀영신의(鬼影神醫)


그녀는 죽었다.

약 반각가량, 삼정활혼단의 약효로 버티면서 소진은 자하에 대한 이야기를 들려주었다. 그리고 기쁜 얼굴로 웃으며 말했다.

"정말 언니 말이 맞았어요. 반드시 구하러 오셨네요. 나도 언젠가는 아빠가 구해주러 오겠……"

그 말을 유언처럼 남기고 그녀는 죽었다. 채 피지도 못한 꽃이 그렇게 시들어 버렸다. 그녀의 시신을 앞에 두고 누구 하나 입을 열지 않았다. 고요한 침묵이 먼지처럼 내려앉고 있었다.

그 침묵을 깬 건 나찰염요의 목소리였다.

"그럼 아직 살아 있겠네요."

언제부터 정신을 차렸을까.

사람들은 고개를 돌려 뒤늦게 그녀가 자리에 앉아 있는 모습을 바라보았다.

나찰염요는 지독한 감기에 걸려 며칠 앓아누웠다가 겨우 일어난 사람처럼 조금은 몽롱한 모습으로 앉아 있었다. 무투광자가 반색하며 말했다.

"괜찮아, 건파?"

나찰염요의 몸에는 아직 몇 개의 화살이 박힌 채로 남아 있었다. 사실 화살을 몸에서 빼내는 건 상당히 위험한 일이었다.

어느 정도 체력과 내공을 되찾기 전까지는 이렇게 화살이 박힌 채로 있는 게 차라리 나았다.

"좋아졌어요. 그 약, 상당히 효과가 있네요."

"그럼, 그 전설적인 약왕문의 환단이라니까."

그녀의 말에 노인이 어깨를 으쓱거렸다.

이번에는 사람들의 시선이 그에게로 쏠렸다. 그러고 보

니 아직 이 노인의 정체에 대해서 아무도 알지 못하고 있었다.

담우천의 말로는 야시에서 약을 파는 노인네라고 했는데, 왜 그가 나찰염요에게 전음성을 날려 그들을 구해주려 했을까. 그 이유도 궁금했다.

"그래, 이제는 내 정체가 궁금해졌나 보군."

사람들의 이목이 자신에게로 쏠리자 노인은 헛기침을 하며 입을 열었다.

"하지만 그보다 먼저 자네들의 신분부터 말하는 게 예의가 아닐까 싶네만."

무투광자와 나찰염요는 담우천을 돌아보았다. 그때 담우천은 혼자만의 상념에 젖어 있느라, 사람들이 무슨 이야기를 나눴는지 전혀 알지 못했다.


"혹시 나보다 먼저 그이를 만나게 되면 이렇게 전해줘. 살아 있을 테니까, 다시 만날 때까지 기다리고 있을 테니까 반드시 와 달라고 말이야."


소진이 말해준 자하의 전언(傳言).

그 전언이 계속해서 담우천의 뇌리를 맴돌고 있었다. 담우천은 눈을 감은 채 몇 번이고 그 말을 되뇌었다.

'반드시 찾으러 가마. 그때까지 죽지만 말고 버텨다오, 자하.'

담우천이 그렇게 각오를 되새길 때였다.

"형님!"

무투광자가 부르는 소리에 담우천은 눈을 떴다. 사람들이 그를 바라보고 있었다.

"이제 슬슬 서로의 신분을 밝힐 때가 된 것 같소, 형님."

무투광자의 말에 담우천은 잠시 노인을 바라보다가 천천히 입을 열었다.

"담우천이라고 하오."

그러자 무투광자와 나찰염요도 자신들의 이름을 밝혔다. 노인은 혀를 쯧쯧 차며 고개를 흔들었다.

"이 바닥에서 이름이 뭐가 그리 대수라고. 별호를 말해보게. 그래야 내가 들어본 적이 있는지 없는지 알 수 있을 게 아닌가?"

그 말도 옳았다. 사실 이름이야 동명이인이 많으니 그것만으로는 자신을 온전하게 소개할 수 없는 노릇이었다. 게다가 강호무림에서는 이름보다 별호가 더 그 사람을 정확하게 표현해 주는 호패(號牌)와도 같았으니까.

무투광자가 한숨을 쉬며 말했다.

"무투광자라고 불렸소, 꽤 오래전에."

나찰염요가 말했다.

"나찰염요라는 별명이 있었죠. 지금은 건파라는 별명으로 불리지만."

무투광자가 낄낄 웃었다. 두 사람의 별호를 듣고 고개를 갸우뚱거리던 노인의 시선이 담우천에게로 향했다.

"나는……."

담우천이 입을 열려고 할 때였다.

"혈검수라 담우천?"

노인이 먼저 물었다. 담우천의 눈빛이 희미하게 빛났다. 그는 노인을 똑바로 바라보며 고개를 끄덕였다.

"그렇소. 혈검수라가 바로 나요."

"허어, 세상에!"

노인은 감탄성을 터뜨렸다.

"야시 공터에서 처음 만났을 때부터 평범한 무인이 아니다 싶었는데, 세상에, 혈검수라였을 줄이야. 어째 야경들을 상대하는 자네의 무공이 심상치 않다 싶었네."

노인은 믿을 수 없다는 듯이 고개를 휘휘 저으며 계속해서 말했다.

"세상에, 사선행자들이라니. 다들 죽었다고 소문이 났었는데 말이지. 역시 소문이라는 게 믿을 만한 건 아니라니까. 그래, 역시 사선행자들이니까 그런 놀라운 무위를 선보

일 수밖에. 허허. 야시 놈들, 이 사실을 알면 깜짝 놀라 뒤로 자빠질 게야."

노인의 호들갑에도 불구하고 담우천은 조용히 말했다.

"이제 노인장의 별호를 말씀해 주실 때가 된 것 같소이다만……."

"흠, 그렇지? 한데 워낙 오랫동안 강호를 떠나 있던 몸이라 아직도 내 별호를 기억하는 자가 있을지 모르겠군."

노인은 어깨를 으쓱거리고는 장난꾸러기 같은 표정을 지으며 말했다.

"귀영신의(鬼影神醫)라고 들어본 적이 있으려나?"

"귀영신의 초유동(草遊童)!"

무투광자가 놀란 듯이 소리쳤다.

노인은 그가 단번에 자신을 알아보는 게 매우 기쁜 듯 웃음을 흘리며 고개를 끄덕였다.

"허허. 나를 아직도 기억해 주는 사람들이 있군그래. 강호를 떠나 은거한 지 벌써 삼십 년 가까이 흘렀는데 말이지."


―귀영신의 초유동.

아무에게나 신의(神醫)라는 별호가 붙지 않는다. 최소한 당대(當代)에서 가장 뛰어난 의술을 지니고 있어야만 붙여지는 칭호가 신의였다.

그런 의미에서 초유동은 전대 최고의 의생이라 할 수 있었다.

하지만 그는 자신의 의술보다 신법과 보법에 더 자신감을 가지고 있었다.

또 사실 초유동의 신법이나 보법은 강호일절로 인정받을 정도로 뛰어나기도 했다.

한때 그는 백여 명의 무림 명숙(名宿)이 모인 곳에서 그 누구에게도 들키지 않고 자리를 빠져나간 적이 있었다. 귀영(鬼影)이라는 별호는 그러한 귀신같은 움직임 때문에 붙여진 별호였다.

귀영신의 초유동.

이른바 정사대전이 일어나기 전에 활동을 중지하고 강호를 떠나 은거했다고 알려진 전대의 노기인.

그런 그가 야시의 한갓 약장수로 살아가고 있었던 것이다.


담우천은 전대의 노선배를 앞에 두고서도 특별한 감정을 표출하지 않았다.

자리에서 일어나 허리를 굽히거나 주먹을 모아 인사하지도 않았다.

그는 그저 담담한 눈빛으로 초유동을 바라보면서 이렇게 말할 따름이었다.

"우리를 도와주신 이유는 무엇이오?"

초유동은 그런 담우천의 태도를 불쾌하게 생각지 않는 듯 시원시원하게 대답했다.

"없네."

"없다구요? 믿을 수 없습니다."

무투광자가 고개를 저었다.

"아니, 확실히 없네."

초유동은 싱글거리며 말했다.

"애당초 나는 자네들이 누구인지 전혀 몰랐으니까. 그저 천하의 야시, 야경들을 상대로 그렇게 미친 것처럼 싸우는 모습을 보고 호기심이 들었을 뿐이네. 저 녀석, 도대체 왜 저러는 걸까? 하고 말이지."

초유동은 차갑게 식은 시신을 힐끗 바라보며 말을 이었다.

"물론 저 소진이라는 처녀가 내 호기심을 채워줬으니까 이제는 상관없는 일이 되어버렸지만 말이네."

담우천은 가만히 그를 바라보다가 고개를 흔들며 말했다.

"절반 정도는 거짓말을 하고 계시는구려."

초유동은 눈을 가늘게 뜨며 물었다.

"왜 그렇게 생각하는데?"

"광자가 우리를 구하려고 달려오기 전, 야경 무리 쪽에서 소란이 일어났으니까. 우리와는 또 다른 목적을 지닌 자들이 야경들을 기습 공격했으니까. 내 생각에는 그자들이 초 선배의 동패가 아닐까 싶소이다."

초유동이 한숨을 쉬며 고개를 끄덕였다.

"흠, 녀석들은 나를 지키고 보호해 주기 위해 파견된 호위대라네. 사실 이런 곳에서 이렇게 죽어갈 녀석들은 아니었는데."

"그러니까, 초 선배의 수하들 목숨을 버리면서까지 우리를 도와준 이유가 있을 것 아니오?"

"글쎄."

초유동은 잠시 머뭇거리다가 작심한 듯 입을 열었다.


3. 목적


초유동의 이야기대로 처음에는 호기심이었다.

약을 사는 담우천의 기세가 결코 평범하지 않았고, 허무맹랑하게 들리는 삼정활혼단의 유래에 대해서도 무심하게 넘기는 그의 담대함이 마음에 들었다.

그런 담우천이 갑작스레 야경들과 싸우기 시작했으니 눈이 가는 건 어쩔 도리가 없었다. 그래서 야시를 떠나는 척 짐을 꾸리고는 수풀 뒤에 몰래 숨어서 담우천이 싸우는 모습을 지켜보았던 것이다.

　"그런데 자네의 무공이 정말 대단해서 말이지. 만약 이성을 잃지 않고 냉정을 유지했다면… 아마 내가 나설 필요조차 없었겠지. 외려 그곳에 있던 야경들이 모두 몰살했을 테니까."

　초유동의 말에 담우천은 가타부타 대답하지 않았다. 초유동은 살짝 그의 얼굴빛을 살피고는 내심 '역시……' 하면서 다시 말을 이어 나갔다.

　"그만한 실력을 지닌 자가 주화입마에 빠져 자멸하는 건 확실히 안타까운 일이거든. 자네를 살려야겠다는 생각이 든 건 그 때문이네. 아, 그런 표정 짓지 말게. 사실 또 다른 이유도 없지는 않았으니까. 어쨌든……."

　그래서 초유동은 자신의 수하들로 하여금 소란을 일으키게 만들었다. 그 소란을 틈타 자신이 직접 귀영의 움직임으로 담우천과 나찰염요를 구해 도주할 생각이었다.

　하지만 우연인지 필연인지 그때 때마침 무투광자가 뛰어나와서 초유동의 역할을 대신해 주었다.

　"아이들에게는 뒤로 빠지라고 전음을 보냈지. 하지만 절반 이상은 게서 죽었을 것이야. 뭐 어쩔 도리가 없는 일이지. 모든 일에는 희생이 따르는 법이니까."

초유동은 다시 한 번 한숨을 내쉬고는 잠시 눈을 감았다. 담우천과 동료들은 가만히 그를 지켜보았다. 이윽고 초유동은 눈을 뜨고 말을 이어 나갔다.

"뭐, 그 뒤는 자네들도 잘 알지 않는가? 저 처자에게 전음을 보내 내 쪽으로 달려오게 하고 나는 야경들의 뒤에서 약간의 수작을 부려 그들을 당황케 만들었네. 그리고는 예서 이렇게 만나게 되었고."

그의 이야기가 끝났다.

담우천은 뭔가 생각하는 표정이었다. 무투광자나 나찰염요 또한 조금 미진하다는 기색을 지우지 않았다. 궁금한 건 참지 못하는 성격의 무투광자가 서둘러 물었다.

"아까 또 다른 이유가 있다고 하셨는데……."

"아, 그건 말이네."

초유동은 머리를 긁적이며 말했다.

"자네들, 어쩌면 나와 같은 목적을 지니고 야시와 싸우는 게 아닐까 했거든. 정확하게 말하자면 내 동료의 제자들이 아닌가 생각했네. 그러니 당연히 구해줘야겠다고 생각했지."

그는 머쓱한 표정을 지으며 웃었다.

"뭐, 야시를 상대로 그렇게 미친 것처럼 싸웠던 게 아내 때문일 줄은 전혀 몰랐으니까 말이네. 허허, 내가 착각했던 게지."

무투광자가 다시 물었다.

"초 노선배의 목적이라는 게 뭡니까?"

"그걸 알 필요가 있나?"

초유동은 당연하다는 듯 말했다.

"어찌 되었든 자네들은 내 덕분에 목숨을 구했으니 되었고, 나 또한 착각이든 뭐든 혈검수라와 그의 동료들을 구했으니 된 게 아닌가? 그러니 굳이 내 목적에 대해서까지 알 필요는 없지 않을까?"

무투광자는 입을 다물었다.

맞는 말이다.

목숨을 구해준 은인에게 따져 묻는 건 확실히 예의가 아니었다. 그리고 보면 아직 담우천과 나찰염요는 그에게 구명(求命)의 은혜에 대한 감사도 하지 않았다.

귀영신의 초유동은 생각보다 호쾌한 성격의 인물이었다. 그는 그런 사소한 예의 따위에 전혀 신경을 쓰지 않았다. 오히려 그는 담우천과 나찰염요의 상세를 확인하고 치료까지 해주었다.

"천만다행이네. 화기(火氣)가 심장과 골까지 파고들었다

면 그 자리에서 즉사할 뻔했네. 뭐, 자네는 운기조식으로
내상을 다스리면 될 것 같고."

그건 담우천에게 해준 말이었고,

"자네 또한 불행 중 다행이야. 그나마 급소는 비껴갔으니
까 말이지. 하지만 그 발목을 관통한 화살은 조금 심각하
네. 최소한 석 달은 움직이지 않고 요양해야 할 걸세."

이건 나찰염요를 치료하면서 해준 말이었다.

초유동이 나찰염요의 몸에 박힌 화살을 뽑고 약을 바른
다음 상처 부위를 꿰매는 일련의 과정 동안 담우천은 동굴
구석에 앉아서 운기조식을 했다.

어느새 비는 그쳐 있었고 해는 중천에 떴다.

햇살이 희미하게 동굴 안쪽까지 스며들었다. 누군가의
배에서 꼬르륵거리는 소리가 들려왔다. 무투광자의 얼굴이
벌겋게 달아올랐다.

"그 체구를 유지하려면 남들보다 많이 먹어야 하겠지."

초유동의 말에 무투광자는 항변하듯 말했다.

"급하게 달려오느라 이틀 전부터 아무것도 먹지 않아서
그렇습니다."

나찰염요가 그를 쳐다보았다.

사실 무투광자가 그렇게 열심히 달려온 이유의 절반 정
도는 그녀가 차지하고 있었다. 나찰염요가 그러한 사실을

모를 리가 없었다.

"고마워요, 오라버니."

갑작스런 그녀의 말에 무투광자는 어색한 듯 헛기침을 했다. 그리고는 고개를 외로 꼬며 말했다.

"고맙다는 말은 초 노선배께나 드려야 하지."

"고마워요, 초 노선배."

"허허, 이거야……. 엎드려 절 받기로군."

초유동이 손바닥을 털며 말했다.

"대충 끝냈네. 돌아가는 대로 솜씨 좋은 의생에게 다시 한 번 치료를 받게. 아무리 수련을 쌓은 몸이라고는 하지만 결국에는 한갓 사람의 육체일 뿐이니까. 늘 조심조심 다뤄야 하네."

"고맙습니다."

무투광자와 나찰염요가 다시 한 번 인사를 했다. 그때였다. 운기조식을 마친 담우천이 초유동에게 말을 건넸다.

"초 선배가 야시에서 약 장사를 한 것은 그들을 감시하기 위해서가 아니었소?"

초유동은 움찔하는 기색이었다. 하지만 곧 고개를 끄덕이며 긍정의 뜻을 표했다. 담우천이 다시 말했다.

"그렇다면 초 선배의 진짜 신분을 알 수 있을 것 같소."

"진짜 신분?"

무투광자가 놀란 듯 눈을 동그랗게 뜨며 초유동을 돌아보았다. 초유동도 호기심이 당긴다는 것처럼 고개를 내밀며 물었다.

"내 진짜 신분이라니?"

담우천은 차분한 어조로 말했다.

"나는 세상일에 흥미를 잃은 몇몇 노기인이 꽤 오래전 뜻을 모아 만들었던 조직을 알고 있소이다."

초유동이 흠칫하는 듯했다.

"비록 오랜 세월이 흘러 그 만들어진 목적과 참가한 사람들이 바뀌고 달라지기는 했지만, 아직도 세상 어느 한구석에서 그 조직이 면면부절(綿綿不絶) 이어지고 있다는 사실도 알고 있소."

무투광자가 제 무릎을 치며 소리쳤다.

"참마붕방(斬魔朋幫)!"

담우천은 고개를 끄덕였다. 그는 초유동의 두 눈을 응시하며 말했다.

"그렇소. 초 선배는 바로 그 참마붕방 사람이 분명하오."

일순, 초유동의 입가에 희미한 미소가 그려졌다. 그는 무심한 눈빛으로 담우천을 바라보다가 문득 천천히 고개를 끄덕이며 입을 열었다.

"그래, 맞네. 나는 참마붕방에 소속되어 있지."

그는 과장된 태도로 두 손을 모으며 말을 이었다.

"정식으로 나를 소개하지. 참마붕방의 순찰당주(巡察堂主), 귀영신의 초유동이라고 하네. 과거 정사대전 당시 정파의 승리에 초석이 되었던 비선(秘線)의 생존자들을 만나게 되어 정말 영광으로 생각하네."

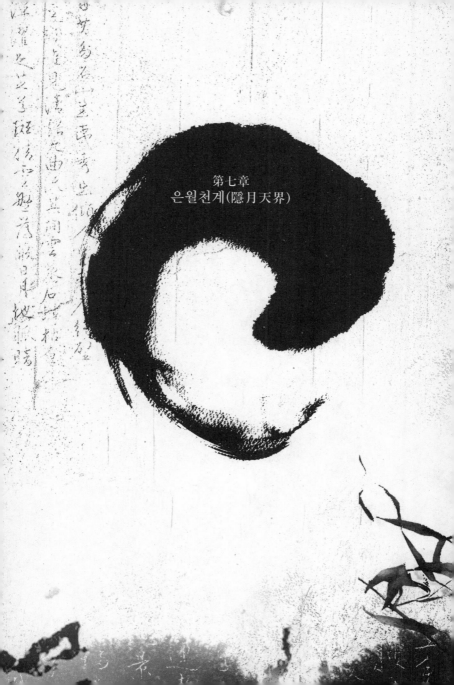

第七章
은월천계(隱月天界)

"이런이런."

초유동이 어깨를 으쓱거렸다.

"보아하니 자네들, 아직 모르고 있군그래."

"뭘요?"

"야시가 야시의 전부라고 생각하는 거 아닌가?"

## 1. 참마붕방(斬魔朋幫)

참마붕방(斬魔朋幫).

세상 사람들은 참마붕방이 원래 정사대전에서 패퇴한, 그리고 지하로 잠적해 버린 구천십지백사백마(九天十地百邪百魔)의 뒤를 쫓기 위해 만들어진 정파 명숙들의 모임이라고 생각했지만 사실과는 꽤 달랐다.

약 오십여 년 전의 일이었다.

강호를 떠나 은거하기로 마음을 먹은 다섯 명의 노기인이 있었다.

그들은 은거한 이후에도 서로의 우정을 돈독하게 쌓고

무공을 겨루며 세상 돌아가는 이야기나 잡담을 하기 위해 회합(會合)을 가지기로 했다.

그들은 반년에 한 번씩 모처에서 만나 약 열흘 동안 그들만의 시간을 가지며 즐거워했다.

그렇게 몇 해가 흘렀다. 소문을 들은 몇몇 지인이 그 회합에 합류했으며 또 뒤늦게 금분세수(金盆洗手)를 한 이들도 참석하게 되었다.

물론 천수(天壽)를 마치고 죽거나 회합의 성격에 맞지 않아서 더 이상 나오지 않거나 혹은 불의의 사고로 인해 목숨을 잃는 기인들도 적지 않았다.

그럼에도 불구하고 불과 십 년 만에 회합의 인원은 서른 명에 이르렀는데 해가 갈수록 그 수는 점점 늘어났다.

그렇게 세월이 흘러 단란한 친목 모임이라고 하기에는 그 수가 너무 많게 되자, 몇몇 이가 아예 이참에 제대로 된 조직을 갖추는 게 어떠냐는 건의를 했다.

많은 기인이 찬성했고 그렇게 해서 참마붕방의 기본 뼈대가 만들어졌다.

모임의 우두머리가 투표로 정해졌고 모임의 이름이 생겼다.

하지만 당시만 하더라도 그 모임의 이름은 참마붕방이 아닌 붕방(朋幇), 즉 친목 도모라는 쪽에 목적이 강한 조직이라 할 수 있었다.

그런 붕방이 참마붕방으로 명칭이 바뀌고 성격이 바뀐 건 세월이 좀 더 흐른 뒤의 일이었다.

붕방이 창설되고 나서 십여 년이라는 시간이 지났을 때였다.

이른바 정사대전이라 불리는, 백도정파(白道正派)와 마도사파(魔道邪派) 간의 전면전이 시작되었다.

오대가문과 구파일방, 신주오대세가를 주축으로 한 백도연맹(白道聯盟)은 금강철마존을 위시로 한 마도세력을 상대로 생사존멸(生死存滅)의 일전을 벌였다. 전쟁이라 불릴 정도로 그들 간의 전투는 치열했다.

정사대전이 발발한 초반 몇 년은 백도연맹이 압도적으로 불리했다.

당시 마도사파에는 무림최강자라고 자타공인했던 금강철마존과, 또 그와 버금가는 무위를 지니고 있는 십여 명의 마인, 그리고 구천십지백사백마로 대변되는 초절정의 고수들이 존재했다.

즉, 세력은 백도연맹이 크고 인원 또한 많았지만 정작 전투의 승부를 판가름 짓는 고수는 마도사파 쪽이 더 많았던 것이다.

하지만 백도연맹은 시간이 지나면서 점점 더 강해졌다.

또한 그들은 전면전을 벌이기 전에 미리 마도사파 쪽의 고수들을 암살하는 식으로 적들의 사기를 꺾고 힘을 약화시켰다.

그렇게 몇 번의 전면전을 승리가 가져가면서 전세는 역전되었다.

정사대전은 십여 년 동안 계속되었다. 그 오랜 기간 동안 무림의 정황은 급격하게 변하기 시작했다.

마도사파와 싸우면서 수많은 정예와 노기인을 잃은 구파일방이나 신주오대세가의 위세가 현저하게 추락했다. 반면 가는 곳마다 승리를 거두고 적장의 머리를 딴 오대가문의 경우, 어느새 백도연맹을 대표하는 거두(巨頭)로 부상하였다.

결국 마도사파의 패퇴로 정사대전이 종결된 이후 오대가문은 무림의 실질적인 지배자가 되어 있었다.

그들은 태극천맹이라는 거대한 연합집단을 만들었고 꼭두각시 맹주를 내세워 전권을 쥐었다. 그리고 십 년이 흘러 지금에 이르렀는데, 여전히 오대가문의 위세는 하늘을 찌를 듯 높기만 하였다.

한편 붕방은 정사대전이 한참 진행 중일 때에야 뒤늦게 참가했다.

그것은 붕방에 소속된 기인 대부분이 이미 금분세수를

한 상태였기 때문이었다.

원래 금분세수는 강호의 모든 대소사에 참여하지 않겠다는 의지인 동시에 서로간의 은원을 잊고 은거하겠다는 의식이었다.

그러니 정사대전이 일어났을 때, 대부분 정파의 노명숙들로 구성된 붕방이 참여하지 않았던 것은 당연한 일일 수도 있었다.

그러나 붕방에는 호전적이고 다혈질적인 이들이 적지 않았다.

그들은 자신들의 문파, 선후배, 동료, 제자들이 죽거나 다치는 전쟁을 외면할 수가 없었다. 또한 초중반의 전황은 백도연맹에 불리하게 흘러갔다.

그런 여러 가지 이유들이 뒤섞이면서 붕방은 두 파로 갈리게 되었다.

노기인들은 갑론을박을 벌였다. 처음 이야기된 모임의 성격과는 맞지 않는다는 이들도 있었고 또 사람이 늘어나고 세월이 변했으니 붕방 또한 성격이 변해야 한다고 주장하는 이들도 있었다.

그때는 이미 애초 이 회합을 주도했던 다섯 기인 모두 세상을 등진 후였기에, 그들을 주도하여 이끌어 나갈 만한 이가 없었다.

결국 그 제안은 투표로 결정되었고, 변해 버린 성격에 불만을 가진 노명숙들은 모임에서 탈퇴하기도 했다.

　어쨌든 붕방은 그때부터 참마붕방이 되었다.

　또한 그들의 합류로 인해 백도연맹은 적지 않은 힘을 얻게 되었다.

　즉, 정사대전이 백도연맹의 승리로 종결된 데에는 그들의 가세가 제법 많은 지분을 차지하고 있다고 해도 과언이 아니었다.

　정사대전이 끝난 후에도 참마붕방은 해체되거나 혹은 붕방으로 되돌아가지 않았다. 그들은 지하로 숨어든 공적십이마와 구천십지백사백마 등, 마도사파의 잔존세력을 뒤쫓기 시작했다.


　　　　　＊　　　　＊　　　　＊


　"그런 참마붕방의 순찰당주인 내가 왜 야시에서 약을 팔고 있었을까? 궁금하다는 표정이군그래."

　초유동의 말에 무투광자는 당연히 알고 있다는 듯이 대답했다.

　"그야 야시 쪽에 마도사파의 잔존세력이 숨어 들어갔기 때문이 아니겠습니까?"

"흠, 그럴 수도 있겠군."

"에? 그게 아닙니까, 그럼?"

"뭐, 그런 이유도 없잖아 있겠지. 하지만 나를 비롯한 몇몇 동료는 정사대전이 펼쳐지기 전부터 오로지 야시만 추적하고 있었네."

"허어, 그러셨습니까?"

무투광자는 의외라는 표정을 지으며 그렇게 말하더니 곧 고개를 끄덕이면서 말을 이었다.

"하기야 지난 세월 동안 야시가 저질렀던 수많은 악행을 생각하자면… 누군가 놈들을 해치워야하기는 하겠죠. 또 강호의 노기인들이 그런 일을 해주신다면야 무림의 건강한 미래를 위해서라도 좋은 일이 될 테니까요."

그 말에 나찰염요는 문득 고개를 갸웃거리며 입을 열었다.

"하지만 생각보다 야시가 약하지 않나요? 오늘 정면으로 부딪쳐 보니까 한번 싸울 만하더라구요. 그동안 우리가 야시의 악명(惡名)에 너무 겁을 먹고 있었던 것 같아요."

"이런이런."

초유동이 어깨를 으쓱거렸다.

"보아하니 자네들, 아직 모르고 있군그래."

"뭘요?"

"야시가 야시의 전부라고 생각하는 거 아닌가?"

애매모호한 질문이었지만 나찰염요는 당연하다는 듯이 대답했다.

"그렇지 않나요?"

"그렇지 않네."

초유동의 말에 나찰염요는 입을 다물었다.

수백 년의 역사를 지닌 야시. 밤의 세계를 지배한다는 야시.

그 야시가 야시의 전부가 아니라면 또 다른 무엇이 존재한다는 말인가.

초유동이 길게 한숨을 내쉬며 입을 열었다.

"야시를 주재하는 열두 명이 있네. 그들은 각각 하나의 지역을 맡아서 그 지역의 야시를 주관하지."

야시는 계절이 바뀌는 시기에 대륙 전역 열두 곳에서 동시다발적으로 열린다.

그런 사실을 알고 있는 무투광자와 나찰염요는 초유동의 이야기에 고개를 끄덕였다.

"그 열두 명을 가리켜 그들은 십이지신이라고 부른다네."

초유동이 말하자 나찰염요는 뭔가 생각났다는 듯이 서둘러 입을 열었다.

"미후신, 오을신이라는 게 게서 연유된 별호로군요."

"그렇다네. 이곳 여남 일대에서 열리는 야시는 미후신이 주관하지. 오을신이라면 무한 일대의 주재자일 것이고. 흠, 그 두 사람을 아는 모양이지?"

"아뇨. 이야기만 들었어요."

"그런가? 어쨌든 그들 열두 명, 십이지신은 매년 한 번씩 정기적으로 모여 회합을 치르지. 그걸 십이지회라 부르는데, 그 회합을 통해 총 매출을 결산하고 다음 해의 계획을 세운다네."

무려 이십 년이 넘는 세월 동안 오로지 야시의 뒤만 쫓은 그답게 초유동은 야시에 관한 해박한 지식을 자랑했다.

"십이지회가 끝나면 그해 십이지회를 주관한 자가 상부로 보고를 올리지. 지금껏 조사한 바로는 야시처럼 그렇게 상부에 보고를 올리는 조직이 십여 개가 넘게 있다네."

나찰염요와 무투광자의 눈이 휘둥그레졌다.

야시와 같은 거대한 조직이 십여 개가 있고 다시 그 위로 조직들을 관장하는 상부 조직이 있다는 것은 생전 처음 들어보는 이야기였다.

"상부에서는 그 보고를 검토하여 손해를 보거나 미래가 없다고 판명되는 조직은 없애고 이익이 많이 난 조직에게는 따로 상을 내리지."

무투광자가 궁금해 죽겠다는 듯이 물었다.

"그 상부 조직이라는 건 도대체 어떤 곳입니까?"

초유당은 뜸을 들이다가 되물었다.

"혹시 은월천계(隱月天界)라고 들어본 적이 있나?"


## 2. 은월천계(隱月天界)


은월천계라니.

달이 숨어 있는 천계라는 뜻인가. 아니면 천계 속에 몸을 감춘 달이라는 의미인가.

무투광자나 나찰염요는 입을 열지 않았다. 그저 꿀 먹은 벙어리마냥 그들은 입을 다문 채 서로의 얼굴을 바라볼 따름이었다.

그때였다.

"들어본 적이 있소."

지금껏 잠자코 듣기만 하고 있던 담우천이 입을 열었다. 사람들은 깜짝 놀라 그를 돌아보았다. 담우천은 무심한 표정으로 말을 이어 나갔다.

"과거 비선에 있을 때였소. 상부의 지시로 인해 한동안 야시에 대해 조사한 적이 있었소. 당시 야시가 야시의 전부

가 아니라는 걸 알고는 꽤 충격을 받았더랬소. 또한 은월천
계라는 거대한 세력을 상대로 싸우려 하다가는 자칫 우리
가 멸절할 수 있다는 두려움마저 갖게 되었소."

"그게 언제였소, 형님?"

"왜 우리는 모르고 있었죠?"

무투광자와 나찰염요가 앞다투어 물었다. 담우천은 여전
히 담담하게 말했다.

"극비리에 내려진 지시였네. 상부에서 지정한 몇몇 사람
과 함께 조사를 하는 거였는데, 지금 돌이켜 생각해 보면
당시 함께했던 이들이 바로 참마봉방 사람들이 아닌가 싶
네."

"아마 그럴 것이야."

초유동이 고개를 끄덕이며 말했다.

"칠팔 년 전까지만 하더라도 우리는 태극천맹과 긴밀하
게 교류하고 있었으니까. 충분히 가능한 일이지."

"그렇다면 궁금한 게 있소."

담우천이 물었다.

"당시 나와 함께 일을 했던 자들은 삼사십대의 중년인들
이었소. 참마봉방에 그런 젊은 사람들도 있소이까?"

"있지. 날 따라다녔던 호위대도 젊은 친구들이니까."

참마봉방의 일이 많아지면서 은거한 노기인들만으로 할

수 없는 것들이 늘어났다.

그래서 그들은 자신들의 제자는 물론 태극천맹의 젊은 무사들을 참마봉방으로 데리고 왔다. 초유동의 호위대나 담우천과 함께 일을 했던 자들이 바로 그러한 경우의 사람들이었던 것이다.

"그건 그렇고… 그럼 다시 은월천계 이야기로 되돌아가 볼까? 자네가 알고 있으니까 이야기하기가 수월하겠군그래."

초유동이 화제를 돌렸다.

"수십 년 동안 쫓아다녔지만 은월천계는 여전히 신비의 장막 뒤에 숨어 있다네. 우두머리가 누구인지, 수뇌부가 어떻게 구성되어 있는지, 또 그들의 본산(本山)이 어디인지 도저히 알 수가 없었네."

초유동은 낙심한 듯 어깨를 축 늘어뜨렸다.

"외려 그동안 우리 쪽의 피해가 만만치 않았지. 놈들의 뒤를 쫓다가 열한 명의 친구와 백여 명의 무인이 역습을 당해 살해되었으니까. 아마 그 이후로 태극천맹은 야시와 은월천계에 대한 조사를 접었을 것이야. 또 그것 때문에 우리 참마봉방과도 사이가 멀어졌고."

당시 열한 명의 문경급 고수를 한순간에 잃어버린 태극천맹은 그것으로 은월천계의 힘이 어느 정도인지 파악했으며, 결국 담우천과 비슷한 생각을 했었을 것이다. 지금 그들과 부딪친다면 외려 당하는 건 태극천맹일 것이다, 라는 생각.

자세한 속사정은 모르겠지만 어쨌든 그 이후 태극천맹은 은월천계에 대한 관심을 접었다. 담우천에게 떨어졌던 지시가 번복된 게 바로 그 즈음의 일이었다.

태극천맹의 그러한 조취는 참마봉방의 분노를 일으키기에 충분한 일이었다.

열한 명의 노기인 중 일곱 명이 참마봉방 소속이었다. 동료들의 복수를 하기 위해서 서로 힘을 합쳐도 모자랄 상황에서, 겁먹고 한발 뒤로 빼는 태극천맹에게 배신감을 느끼는 건 당연했다.

결국 참마봉방의 수뇌진이 항의를 하기 위해서 태극천맹을 방문했을 때, 그들은 더 큰 배신감과 분노, 좌절을 맛보아야 했다.

당시 태극천맹의 맹주는 외단 시찰을 핑계로 그들을 만나주지 않았으며 오대가문이나 구파일방의 사람들은 모든 건 맹주에게 일임했다면서 책임을 넘기기에 급급했다.

태극천맹의 뒤에 오대가문이 있다는 걸 잘 알고 있는 참마봉방의 항의는 받아들여지지 않았다.

오대가문은 끝까지, 이미 자신들은 뒷전으로 물러났다면

서 이번 결정에 아무런 영향력을 발휘할 수 없다고 말할 뿐이었다.

─좋소! 정 그렇게 나온다면 우리 참마붕방은 두 번 다시 태극천맹과 힘을 합치지 않겠소!

참마붕방의 수뇌부들은 그렇게 소리치며 탁자를 내려쳤다.

청강석(靑剛石)으로 만든 탁자가 단번에 박살 났고 그것은 곧 회합의 결렬을, 두 조직의 결별을 의미했다.

"그 후 우리는 독자적으로 은월천계에 대한 조사를 계속했네. 그러는 한편으로는 오대가문에 대해서도 은밀하게 감시하기 시작했지."

"오대가문에 대해서두요?"

나찰염요의 질문에 초유동은 고개를 끄덕였다.

"수뇌부 중 몇몇이 그런 의견을 제시했거든. 이렇게 하루 아침에 태도를 바꾼 건 아무래도 너무 수상쩍다. 혹시 은원 천계와 내통을 했거나 아니면 뭔가 뒷거래가 있었을 가능성이 높다. 뭐, 그런 의혹이었는데… 다들 그럴 듯하다고 생각했지."

"흠, 그럴 가능성이 전혀 없지는 않겠습니다."

무투광자가 두터운 턱살을 매만지며 말했다.

"정사대전 당시만 하더라도 정사 양쪽 수뇌부끼리 몇

번 은밀한 회동을 했다는 소문이 떠돌았으니까요. 어쩌면 태극천맹과 은월천계 양쪽 수뇌부가 만났을 수도 있겠죠."

"윗대가리들이라는 게 다 그런 거죠. 그들에게는 피아(彼我)의 구분이 중요한 게 아니라 내게, 혹은 우리에게 이익을 가져다주는 게 누구인가 하는 게 더 중요하니까요."

나찰염요의 조롱 섞인 말에 초유동은 씁쓸하게 웃었다.

아무래도 실무자와 상부의 사고방식이나 일을 다루는 방법이 다를 수밖에 없었다.

강호무림에서 살아온 지 칠십여 년이 넘은 그가 그걸 모를 리 없었다.

"허험. 어쨌든 어제도 나는 아이들과 함께 미후신의 야시를 감시하고 있었다네. 요즈음 들어 미후신이라는 아이가 십이지회의 실질적인 우두머리로 부상했거든."

이야기를 마친 초유동은 가볍게 손뼉을 쳤다. 그것으로 자신의 이야기는 모두 끝났다는 뜻이었다.

무투광자와 나찰염요는 입술을 깨물고 상념에 젖었다. 담우천도 잠시 생각하다가 입을 열었다.

"인사가 늦었소. 구해주셔서 진심으로 감사드리오."

"허허, 이제 와서 새삼스레 인사는 무슨."

"아니오. 이번 일로 인해 초 노선배가 그동안 공작했던 작업들이 모두 헛수고로 돌아갈 수도 있소이다. 그런 위험을 무릅쓰고 우리를 도와주신 건… 어떻게 갚아야 할지 모를 정도로 큰 은혜라 할 수 있소."

초유동의 눈빛이 반짝였다.

"어떻게 갚기는."

그는 웃으며 말했다.

"나를 도와주면 되는 게야. 갚을 생각이 있다면 말이지."

담우천은 처음으로 자리에서 일어났다. 그리고 초유동을 향해 깊게 허리를 숙이며 말했다.

"죄송합니다."

갑작스런 그의 정중한 태도에 초유동은 살짝 당황스러운 기색을, 그리고 그의 거절에 아쉬운 표정을 지었다.

"구명의 은혜는 반드시 갚겠습니다. 초 노선배께서 요구하시는 그 어떤 일이라도 하겠습니다. 하지만……."

담우천은 그렇게 허리를 숙인 채 말을 이어 나갔다.

"지금 당장은 힘듭니다. 조금 전 들어서 아시겠지만 제게는 최대한 빨리 해야 할 일이 있습니다. 그러니 그 일이 끝날 때까지만 기다려 주시기 바랍니다."

초유동은 눈을 가늘게 뜨고 그를 쳐다보았다.

할 말을 다한 담우천이었지만 여전히 허리를 숙인 채 고개를 들지 않았다. 문득 초유동이 껄껄 웃으며 입을 열었다.

"농담으로 말한 걸 가지고 그렇게 진지하게 받아주면 내가 더 멋쩍어지네. 허리를 펴게. 그리고 아까 내가 했던 말은 잊어주게."

담우천이 허리를 펴자 초유동은 그와 시선을 마주치며 말을 계속했다.

"자네의 그 일이라는 게 어쩌면 내 일과 겹칠지도 모르네. 적어도 야시라는 공통적인 대상을 적으로 두고 있으니 말이네. 그렇게 서로 겹치게 되었을 때 서로 상부상조하면 되는 게야. 그게 나를 도와주는 걸세. 굳이 따로 내게 보답할 필요는 전혀 없네."

"알겠습니다."

"노파심에 한 가지 더 이야기하겠네. 앞으로 놈들이 집요하게 자네들을 노릴 걸세. 아무리 자네들이 강하다고는 하지만 은월천계의 힘은……. 어쨌든 단단히 주의하는 게 좋을 게야."

"명심하겠어요."

고개를 끄떡이며 그렇게 대답한 나찰염요가 다시 입을 열었다.

"초 어르신도 조심하셔야 해요."

"허허, 이 늙은이까지 걱정해 주는 건가? 고맙네."

초유동은 껄껄 웃었다.

"내 자랑은 아니지만 말이네. 도망가는 거 하나는 세상에서 가장 뛰어날 걸세. 그러니 나보다는 자네들이나 더 신경 쓰게나."

그들의 대화는 좀 더 이어졌다.

무림의 정세와 현 시국에 대한 이야기까지, 담우천과 나찰염요가 어느 정도 움직일 수 있는 기력을 회복할 때까지 초요동과 그들은 느긋하게 이야기를 나눴다.

소진의 시체를 동굴 안에 묻은 후 밖으로 나왔을 때에는 어느덧 해가 뉘엿뉘엿 지고 있었다.

무투광자의 배에서 다시 꼬르륵거리는 소리가 진동했다.

초유동이 웃으며 말했다.

"같이 술이나 한잔하면 좋을 텐데……. 아무래도 이 일대는 미후신의 본거지라서 말이야. 그래, 어디로 갈 셈인가?"

"무한으로 돌아가야죠."

"흠, 나는 붕방으로 돌아가겠네. 그럼 또 연이 닿는다면 만나게 되겠지. 잘들 가게."

"그럼 재견(再見)."

담우천 일행은 동굴 앞에서 초유동과 헤어졌다.

## 3. 거꾸로 들어가 봐야겠지

아침나절까지 내린 비 때문인지 아직 산길은 미끄러웠다.

그들이 서로 부축하고 조심스레 산을 내려왔을 때는 이미 어둠이 사방에 깔린 후였다.

무투광자가 먹을 것과 탈것을 구해 오는 동안, 아직 부상이 완쾌되지 않은 담우천과 나찰염요는 산 밑에서 기다리기로 했다.

그들은 행여나 모를 위험에 대비하여 모닥불조차 밝히지 않았다.

차가운 바람이 그들 사이를 비집고 들어왔다. 그때였다. 문득 나찰염요가 입을 열었다.

"그래도 다행이네요. 언니가 살아 있어서."

"다행이지."

담우천이 말했다.

"하지만 누구에게 지명을 당해서 끌려갔는지 모르는 이상, 아직도 그녀를 구하는 건 요원한 일이야."

"어디서부터 찾아볼 생각이세요?"

담우천은 잠시 생각에 잠겼다.

소진에게 얻어낸 정보는 한계가 있었다. 워낙 시간이 촉박했던 탓도 있었고 또 흥분 상태에서 말을 하느라 이야기가 마구 뒤엉켜 있기도 했다.

또한 그녀가 갇혀 있던 곳이나 이동한 장소 등에 대해서는 아무런 단서도 얻지 못했다.

"거꾸로 들어가 봐야겠지."

생각하던 담우천이 그렇게 말했다.

나찰염요는 그럴 줄 알았다는 듯이 고개를 끄덕이며 동의했다.

"그렇죠? 결국 그 방법밖에 없을 것 같네요."

그녀는 밤하늘을 올려다보며 말했다.

"그럼 누구를 목표로 삼으실 건데요?"

"글쎄."

담우천은 이마를 긁적이면서 말했다.

"손쉽기로는 원화라는 자가 적당하겠군. 하지만 네게 당한 기억이 있으니 다시 접근하기는 만만치 않을 테고. 차라리 미후신이나… 아!"

이야기하던 담우천이 뒤늦게 생각났다는 듯 눈빛을 빛내며 말했다.

"그 뚱보가 적당하겠군."

"뚱보라니요?"

"왜, 인신매매를 중개하던 중년인 말이다. 그자라면 미후신이나 원화를 상대하는 것보다 쉽게 정보를 캐낼 수 있을 것이다."

"하지만 그자에게 어떻게 접근하죠? 지금 그자가 어디에 있는지 알지도 못하는데."

"그건 내가 알아서 할 일이다."

담우천은 자리에서 일어났다.

아직 몸이 성치 않은지 허리를 펴는 순간 그는 저도 모르게 인상을 찌푸렸다. 나찰염요는 담우천이 왜 일어나는지 이유를 알고 있는 듯 조금은 슬픈 표정으로 그를 올려다보며 물었다.

"가시게요?"

"그래. 광자에게는 잘 말해줘."

"저도 따라가면 안 될까요?"

"먼저 부상부터 치료하자."

담우천은 그녀를 내려다보며 말했다.

"그리고 돌아가서 내 아이들에게 조금 더 늦겠다고 전해주고."

"그렇게 전할게요."

"아, 그리고……"

담우천은 망설이다가 입을 열었다.

"덕분에 정신을 차릴 수 있었다. 네가 아니었다면 난 그곳에서 죽었을 것이다."

나찰염요는 요염하게 웃으며 말했다.

"빚 하나 진 거죠?"

담우천이 고개를 끄덕였다.

"그래. 빚 하나 졌다. 나중에 반드시 갚으마."

"기억해 두겠어요."

＊　　　＊　　　＊

"어라, 형님은?"

먹을 것과 말 두 필을 구해온 무투광자의 눈이 휘둥그레졌다. 그곳에는 나찰염요만이 우두커니 앉아 있었던 것이다.

"떠났어요."

"어디로?"

"언니를 찾으러요."

"허어, 그것참. 성미도 급하군. 돌아가서 몸도 치료하고 다시 계획을 짜서 움직이는 게 나을 텐데."

무투광자는 그녀의 곁에 쪼그리고 앉으며 봇짐을 풀었다.

만두와 고기 등 몇 가지 음식과 술병이 나왔다. 나찰염요
는 술병부터 잡았다. 무투광자는 만두를 한 입에 넣으며 속
으로 투덜거렸다.

'쳇, 이럴 줄 알았으면 말 한 필만 구해올 것을.'

한 필은 담우천이, 그리고 나찰염요가 크게 다쳤다는 것
을 핑계로 다른 한 필에 그녀와 함께 타려 했던 속내였는
데, 그래서 두 필의 말을 가지고 온 건데 상황이 바뀐 것이
다.

그때였다.

"아깝네요."

술 한 모금을 마신 나찰염요가 말들을 바라보며 중얼거
리듯 말했다.

"말 한 필이면 충분할 텐데."

무투광자의 얼굴이 환해졌다.

"그렇지? 아무래도 지금 임자 혼자서 말을 타는 건 좀 무
리일 테니까."

나찰염요는 그를 돌아보며 빙긋 웃었다. 그리고는 고개
를 흔들며 말했다.

"그런 뜻으로 말한 게 아닌데요."

무투광자의 눈이 커졌다.

"그럼 무슨 뜻으로?"

"난 이곳에 남겠어요."

"으응? 그건 또 무슨 소리지?"

"오라버니는 돌아가서 다른 사람들에게 상황도 설명하고 아이들에게 아빠가 조금 늦게 올 거라고도 말해주세요."

"아니, 그건 나중에 이야기하기로 하고. 왜 남겠다는 거야? 그 몸으로 뭘 하겠다고?"

"글쎄요. 뭘 할 건가는 몸 좀 추스르면서 천천히 생각해도 될 것 같아요. 어쨌든 음식을 먹는 대로 무한으로 출발하세요."

그녀의 냉정한 축객령에 무투광자는 입을 삐끔거렸다. 지만 그는 곧 고개를 홰홰 저으며 말했다.

"안 돼, 그럴 수는 없지. 혼자서 제대로 걷지도 못하는 임자를 놔두고 나만 혼자 돌아갈 수는 없네. 그러니 임자가 남겠다면 나도 남겠어."

"오라버니."

"오라버니고 뭐고 간에 안 돼. 안 된다면 안 되는 줄 알게. 아니면 나와 함께 돌아가든가."

나찰염요는 고집을 부리는 무투광자의 눈을 바라보다가 결국 한숨을 쉬며 말했다.

"그래요. 어쩔 수 없네요. 함께 남기로 해요."

무투광자가 헤헤 웃는 시늉을 하다가 문득 눈살을 찌푸

리며 말했다.

　"형님이 아시면 꽤 혼나겠군."

　나찰염요가 배시시 웃었다.

　"오라버니가 언제 대가 생각하고 행동하셨어요?"

　"하하하! 그건 그렇지."

　무투광자는 기분이 좋은 듯 크게 웃다가 만두 하나를 들
어 그녀에게 권했다.

　"자, 이거 먹게. 아주 맛있다구."

第八章
금적상가(金積商家)

완벽함이란 존재하지 않는 법이다.

신(神)이 아닌 이상, 인간이 하는 일에는 언제나 빈틈이 생기고 흔적이 남게 마련이었다.

비선의 사선행자 시절 담우천은 그러한 일들을 수없이 겪고 봐 왔다.

이른바 인간으로 신의 경지에 올랐다는 이들이었지만 그들 또한 실수를 하고 틈을 보였다.

## 1 회상 오(五)

사내는 그녀의 과거를 묻지 않았다.

여인 또한 굳이 자신의 과거에 대해서 그에게 이야기를 하지 않았다.

사실 그들에게 있어서 과거는 그리 중요한 게 아니었다. 금 함께 있다는 사실, 그리고 앞으로 살아갈 미래에 대해서 생각하는 것만으로도 벅차고 행복했으니까.

그녀가 말했다.

"세상에서 당신이 제일 좋아요."

그는 말했다.

"나는 당신이 두 번째로 좋아."

그녀가 입술을 삐죽였다.

"그럼 첫 번째로 좋은 건요?"

사내는 당연하다는 듯이 말했다.

"내 무공 실력이 느는 걸 지켜보는 것."

그들의 여행은 멀리 장백산이 보이는 요동의 어느 조그만 마을에 이르러서야 끝났다.

조그만 집 하나를 사고 살림살이를 장만하면서 그녀는 킬킬거렸다.

"이러니까 소꿉장난하는 것 같아요."

그는 말했다.

"후회하지 않겠어?"

그녀는 말했다.

"당연하죠. 내가 왜 후회를 해요? 이렇게 행복한데."

마을에 정착한 지 사흘째 되는 이른 새벽, 그들은 조그만 마당에 제단을 마련하고 그 위에 정화수를 떠놓았다.

달과 별들만이 지켜보는 가운데 그들은 천지신명(天地神明)에게 부부가 되었음을 아뢰었고 백년해로하기를 맹세했다.

"행복해요."

그녀가 말했다.

"정말 후회하지 않겠어?"

그가 물었다.

"후회할 리가 있겠어요? 당신이나 후회하지 말아요."

그녀의 말에 그가 대답했다.

"난 살면서 단 한 번도 후회한 적이 없어."

그렇게 두 사람은 부부가 되었고 같은 공간에서 같은 삶을 공유하기 시작했다. 그들은 행복했고 즐거웠다. 풍족한 삶은 아니었지만 그래도 세상을 다 가진 것처럼 마냥 행복하기만 했다.

어느 날 그녀가 말했다.

"세상에서 당신이 제일 좋아요."

그는 말했다.

"나도 당신이 제일 좋아."

그녀가 놀라며 말했다.

"당신 무공보다요?"

사내는 당연하다는 듯이 말했다.

"당연하지. 무공은 두 번째야."

그녀는 사내의 품으로 뛰어들었다.

그녀는 세상에서 가장 행복한 여자, 그게 바로 자신이라고 생각했다.

또 어느 날 그녀가 말했다.

"난 아이들을 좋아해요. 많으면 많을수록 좋겠어요."

그가 말했다.

"난 아이가 싫어. 아이가 있으면 귀찮을 뿐이야."

그녀가 말했다.

"바보. 아이들이 있으면 더 행복해질 거예요. 내 말을 믿으세요."

그리고 아이가 생겼다. 확실히 그녀는 더 행복해졌다. 하지만 사내는 아이가 생겨도 더 행복해지지는 않았다. 외려 단둘이 있는 시간이 적어진 데다가 그녀의 사랑이 자신과 아이에게 분산되는 게 싫었다.

그래서 둘째 아이가 생겼을 때는 아예 지워 버리라고까지 말했다.

"그런 말 함부로 하는 게 아니에요."

여인은 슬픈 표정으로 사내를 보았다.

"이 아이는 당신의 분신이자, 나와 당신이 함께 나눈 사랑의 결정체라구요."

둘째 아이가 태어난 후 여인은 아이들에게 모든 정성을 쏟았다.

사내는 네 식구를 먹여 살리느라 바빴고 또 한편으로는 그동안 소홀했던 무공 수련을 하느라 점점 그녀와 함께하는 시간이 줄었다.

그럼에도 불구하고 사내의 여인에 대한 사랑은 갈수록 커져갔고 여인 또한 그 무엇보다도 사내를 사랑했다.

"만약 내게 무슨 일이 생기면 무한 황학루를 찾아가. 그곳에 이런 식으로 낙서를 그리면 당신을 도와줄 사람들이 나타날 거야."

언젠가 사내가 그렇게 말한 적이 있었다. 여인은 피식 웃고는 이렇게 말했다.

"만약 내게 무슨 일이 생기면 날 잊고 새장가를 들어요. 괜히 나 때문에 홀아비가 된 채로 아이들을 키우지 말구요. 당신 혼자서는 결코 아이들을 키울 수가 없을 테니까, 똑똑하고 순박한 여자를 찾아서 새장가를 가세요."

## 2. 완벽함이란 존재하지 않는 법이다

잊을 리가 있겠나.

담우천은 야시가 섰던 공터를 향해 걸으며 그렇게 생각했다. 깊은 밤, 푸른 달빛이 교교하게 사위를 비추고 있었다.

그 달빛을 따라 걷던 담우천은 옛 기억 한 토막을 떠올리며 인상을 찌푸렸다.

게다가 새장가라니.

애가 둘이나 딸린 홀아비에게 시집올 여자가 세상에 어디 있겠나. 거기에다가 부자도 아니고 제대로 된 직업도 없는데 말이지.

멀리서 밤새 우는 소리가 들렸다. 풀벌레 우는 소리도 간간이 들려왔다.

하지만 가끔씩 불어오는 바람이 아직도 매섭게 느껴졌다.

봄이 왔으나 아직 봄이 아니었다. 세상도, 담우천의 마음도 아직은 을씨년스럽기만 했다.

이윽고 담우천은 야시가 섰던 공터에 당도했다. 그는 제단이 서 있었던 자리에 서서 주위를 둘러보았다.

공터에는 아무것도 존재하지 않았다. 제단이나 막사는 물론 쓰레기 하나 떨어져 있지 않았다.

어젯밤 이곳에 수많은 사람이 모여들었다는 게 믿어지지 않았다.

또한 이곳에서 수십 명이 죽고 다치는 전투가 있었다는 사실이 믿어지지 않을 정도로 핏물 한 점 보이지 않았다.

오늘 아침까지 내린 비 때문이었을까.

아니면 야시 사람들이 그만큼 철저하게 뒷처리를 한 것일까.

잠시 주변을 둘러보던 담우천은 허리를 숙이고 지면을

샅샅이 훑기 시작했다.

완벽함이란 존재하지 않는 법이다.

신(神)이 아닌 이상, 인간이 하는 일에는 언제나 빈틈이 생기고 흔적이 남게 마련이었다.

비선의 사선행자 시절 담우천은 그러한 일들을 수없이 겪고 봐왔다.

이른바 인간으로 신의 경지에 올랐다는 이들이었지만 그들 또한 실수를 하고 틈을 보였다. 그랬기 때문에 담우천이 모든 임무를 성공리에 완수했고 또 지금껏 살아남을 수 있었던 것이다.

역시 흔적은 남아 있었다.

'제단이나 막사를 불에 태웠을 리는 없다. 그랬다가는 사람들의 이목을 끌 수 있을 테니까.'

그렇다면 제단과 막사를 수거하여 철수했을 것이고, 그것들을 나르기 위해 마차나 수레를 이용했을 게 분명했다.

그리고 오전 나절까지 내린 비라면, 그 자국이 반드시 남아 있을 터였다.

'게다가 시체 또한 단 한 구도 보이지 않는다. 그것들 또한 이곳에서 태우지는 않았을 것이다. 그리고 주변에 묻은 흔적도 찾을 수 없는 걸 보면 역시 시신들을 모두 회수해

갔을 것이다.'

그런 생각으로 지면을 훑던 담우천의 시야에 굵은 바퀴 자국이 들어온 것은 당연한 일이었다. 그 자국의 크기와, 바퀴 자국과 자국 사이의 간격으로 보건대 수레는 아닌 듯 했다.

'마차로군, 팔두마차(八頭馬車).'

담우천은 잠시 허리를 펴며 어젯밤 이곳에 세워졌던 막 사의 개수를 떠올렸다.

그리고 제단을 해체하고 막사를 접어서 옮기려면 몇 대 의 팔두마차가 필요한지 계산했다.

'여섯 대의 팔두마차에 빼곡하게 채우면 다 실을 수가 있 겠군.'

팔두마차는 흔히 볼 수 있는 마차가 아니었다. 대상(大商) 이나 귀족들 정도가 되어야만 끌고 다닐 수가 있었다.

그런 팔두마차가 한꺼번에 여섯 대나 움직인다면 반드시 세인(世人)의 이목에 잡힐 것이다.

'아마도 상가(商家) 행렬로 위장을 했을 것이다.'

만약 고관대작의 행렬이라면 마차 주위에 경호위사들까 지 두어야 했고 그렇다면 더더욱 사람들의 이목을 끌 테니 까.

담우천은 그런 생각을 하면서 바퀴자국을 따라 공터를

벗어났다. 바퀴자국은 곧 여남으로 향하는 관도로 이어졌다.

담우천은 다급하게 행동하지 않았다.

혹시 바퀴자국이 중간에서 이탈하지는 않았을까, 속임수를 써서 다른 곳으로 향하지 않았을까 세심하게 살피면서 천천히 여남으로 향했다.

여남에 가까워지면서 관도에는 바퀴자국의 흔적들이 점점 늘어났다.

여남은 상권이 크게 형성된 성시였다. 그런 까닭에 하루에도 수백 대의 마차가 여남으로 들어가고 또 여남에서 나왔다.

그러니 더 이상 바퀴자국만으로 놈들의 뒤를 쫓는 건 무리였다.

하지만 담우천은 실망한 표정이 아니었다. 그는 곧장 성벽을 넘었다.

거리는 한적했고 건물들의 불은 모두 꺼져 있었다. 담우천은 성문 입구에서 그리 멀지 않은 객잔을 찾아 그 입구에 주저앉았다.

그는 가부좌를 틀고 운기조식을 시작했다.

천지일여심법의 특성 중 하나가 빠르게 내상을 치유한다는 점이다. 거기에 삼정활혼단의 약효가 더해지니, 담우천이 십이주천을 마쳤을 때에는 상당한 활력을 얻을 수가 있었다.

'아니, 아직 좋지 않아.'

담우천은 자신의 몸 상태를 점검하게 고개를 저었다.

'바보처럼 냉정을 잃고 주화입마에 빠질 뻔하다니.'

무공을 익힌 자로서 해서는 안 되는 일 중의 하나가 바로 그것이었다.

과도한 흥분과 폭주. 그로 인해 발생하는 주화입마는 곧 죽음으로 이르는 지름길이었다.

만약 그의 곁에 나찰염요가 없었더라면, 그리고 초유동의 삼정활혼단을 복용하지 않았더라면 아마 담우천은 게서 죽었을 게 분명했다.

'두 번 다시 그런 어리석은 일은 없어야 한다.'

담우천은 눈을 감으며 객잔 벽에 등을 기댔다. 그리고 그 자세로 잠을 취했다.


"뭐야, 당신?"

누군가의 목소리에 담우천은 눈을 떴다.

바로 등 뒤에 사람이 다가올 때까지 깨어나지 못했다는 것은 그만큼 담우천이 피곤했고 체력과 기력이 많이 소진되어 있다는 걸 의미했다.

담우천이 고개를 돌리자 객잔 점소이로 보이는 청년이 도끼눈을 하고 그를 내려다보고 있었다.

"거지는 아닌 것 같은데, 밤새도록 술을 마셨던 거요?"

담우천은 자리에서 일어나 기지개를 켰다. 온몸에서 우두둑거리는 소리가 났다.

점소이가 어이없다는 듯 그를 바라보다가 손사래를 치며 말했다.

"일어났으면 얼른 집으로 가쇼. 청소나 하게."

담우천이 그를 보며 말했다.

"묻고 싶은 게 있네."

역시 이럴 때는 돈이 최고였다.

점소이는 담우천의 손에 쥐어진 은자를 보고는 순식간에 태도를 바꾸며 말했다.

"아이구, 뭘 여쭤보실 건데요? 소인이 알고 있는 거라면 하나도 빠짐없이 말씀드리겠습니다."

"어제 아침나절에 이곳을 지나는 팔두마차가 있었을 텐데. 최소한 대여섯 대가 함께 움직였을 것이야."

"아, 금적상가(金積商家)의 마차들을 말씀하시는 거로군요. 모두 다섯 대였죠, 아마? 이른 아침부터 상가깃발을 꽂은 채 이 거리를 따라 위풍당당하게 지나가서 잘 알고 있습니다."

점소이는 정확하게 기억하고 있었다.

'한 대는 다른 곳으로 빠졌군. 아마도 시신들을 실은 마차일 것이다.'

어쩌면 그 마차는 미후신의 본거지로 향했을 가능성이 높았다.

그러니 좀 더 깊숙하게 파고들고 고급 정보를 캐내려면 그 마차의 행방을 찾는 게 옳았다.

하지만 지금 담우천에게는 야시나 은월천계의 정보가 필요한 게 아니었다.

그가 원하는 정보는 그 뚱보 중년인에게 충분히 얻을 수 있었다.

'아마도 금적상가의 일원으로 위장하고 있겠지. 아니면 금적상가라는 곳 자체가 야시의 것일 수도 있겠고……'

담우천은 고개를 끄덕이며 금적상가의 위치를 물었다.

점소이는 은자를 건네 받은 후 희희낙락하며 설명했다.


3. 금적상가(金積商家)


금적상가는 여남에서 가장 큰 상회였다. 그곳에서 취급하는 물품의 수는 무려 백여 가지가 되었으며, 소속된 상인의 수만 하더라도 오십 명이 넘었다.

대륙 전역에 수십 개의 분타를 두고 운영되는 거대상가
가 아닌, 지역의 독자적인 상권을 지닌 상가치고는 상당히
규모가 큰 곳이었다.

그러니 이른 오전부터 팔두마차 다섯 대가 한꺼번에 상
가로 들어오는 건 흔한 일이었다.

인상 좋게 생긴 중년인이 선두 마차에서 내렸다.

그는 기다리고 있던 금적상가의 총관에게 장부를 건네며
말했다.

"가지고 온 물품들은 다 여기 적어두었습니다. 확인해 보
시겠습니까?"

총관은 귀찮다는 듯이 대충 장부를 훑어보며 말했다.

"뭐, 이 일 하루 이틀 하는 것도 아닌데 일일이 확인할 것
있겠나?"

"헤헤, 그건 그렇죠. 그럼 물품들은 삼고(三庫)에 가져다
두겠습니다."

금적상가에는 물품을 쌓아둘 수 있는 커다란 창고가 모
두 아홉 곳이 있는데 삼고는 그중 세 번째 창고를 의미했
다.

"그렇게 하게."

총관은 장부 끝자락에 삼(三)이라는 숫자를 적고는 한 켠

으로 아무렇게나 치워놨다. 그리고는 중년인을 보면서 고개를 갸웃거리며 말했다.

"안색이 좋지 않네."

중년인은 애써 웃으며 말했다.

"좀 피곤한 모양입니다."

"흠, 하기야 그럴 법도 하지. 요 한 달 내내 정말 바쁘게 돌아다녔으니까 말이지. 얼른 짐을 풀고 들어가 쉬게나."

"고맙습니다. 그럼 내일 뵙겠습니다."

중년인은 총관에게 인사를 한 다음 다시 마차에 올랐다. 그가 탄 마차를 필두로 다섯 대의 마차는 곧바로 삼고로 향했다.

중년인은 삼층 객잔만 한 크기의 창고 앞에서 마차를 세웠다.

마차에 타고 있던 인부들이 내렸다. 중년인은 그들을 향해 나지막한 소리로 말했다.

"물건들은 창고 구석진 곳에 두시고. 꼼꼼하게 포장하는 걸 잊지 말기 바랍니다."

그건 인부들에게 내리는 지시가 아니었다.

"알겠네."

인부들의 대답 또한 상관에게 말하는 말투가 아니었다.

그러나 중년인과 인부들은 당연하다는 듯이 그렇게 말을 주고받았다. 확실히 평범한 관계는 아니었다.

인부들이 창고를 열고 마차의 짐을 옮겼다. 창고 안에는 이미 많은 짐들이 빼곡하게 쌓여 있었다.

그들은 그 짐 사이로 난 통로를 향해 구석진 곳까지 걸어가 짐을 내려놓았다.

중년인은 마차의 짐이 모두 창고 안으로 옮겨질 때까지 긴장의 끈을 늦추지 않고 지켜보았다.

이윽고 짐이 모두 옮겨지자 그는 가볍게 한숨을 쉬며 말했다.

"수고들 하셨습니다."

"자네도 수고했네."

"그럼 소인은 이만."

중년인은 인부들에게 깍듯하게 인사를 한 다음 자리를 떴다. 그의 이마에 송골송골 땀이 맺혀 있었다.


\*        \*        \*


"왜 그렇게 땀을 흘리세요?"

애첩 교홍(嬌紅)이 고개를 갸웃거리며 물었다.

"아니다, 아무것도."

상가를 빠져나오자마자 본처가 아닌 애첩의 집을 찾아온 중년인, 고돈웅은 더 이상 식욕이 없다는 듯 깨작거리던 젓가락을 내려놓으며 퉁명하게 말했다.

"아무것도 아닌 게 아닌데요?"

교홍은 진심으로 걱정스럽다는 듯이 그에게 바짝 다가앉으며 말했다.

"당신이 그토록 좋아하는 붕어찜인데도 겨우 한 젓가락 드셨어요. 게다가 평소 같았으면 절 보자마자 안아주셨을 텐데 그러지도 않았구요. 그리고 그 이마의 식은땀은 도대체 뭐죠? 아까서부터 닦아드려도 계속 흘리고 계시잖아요."

"에잇, 말이 많구나."

고돈웅은 자리에서 벌떡 일어났다.

"갈 테다."

교홍의 눈이 표독하게 빛났다.

"어디루요? 설마 본처에게 가려는 건 아니겠죠?"

고돈웅은 움찔거렸다.

이 귀엽고 깜찍한 애첩의 유일한 단점이었다. 애교도 넘치고 요리도 잘하고 또 진심으로 고돈웅을 사랑했다.

하지만 본처에 대한 질투심 하나만큼은 고돈웅이 질릴 정도로 강했다. 한번 질투하기 시작하면 그가 아무리 비싼

선물을 하거나 그녀의 비위를 맞춰줘도 한 달 이상 풀리지 않았다.

고돈웅은 다시 자리에 앉았다.

"내가 가기는 어딜 가겠나? 조금 피곤해서 먼저 쉬려는 것뿐이었네."

"그렇게 피곤하셨어요? 미안해요. 식사보다 먼저 쉬시게 해드려야 하는데."

교홍은 자리에서 일어나며 말했다.

"잠깐만 기다리세요. 자리를 봐드릴게요."

그녀가 서둘러 처소로 향하는 뒷모습을 보면서 고돈웅은 길게 한숨을 내쉬었다.

그러다가 문득 무슨 생각을 했는지 저도 모르게 부르르 진저리를 쳤다.

"정말이지 지옥에서 온 수라였다니까."

그는 어젯밤, 평소 천하무적이라고 생각했던 야경들을 압살(壓殺)하던 사내를 기억했다. 그 가공할 무위와 잔인하기 그지없는 손속, 압도적인 살기를 떠올리고는 다시 한 번 온몸을 떨었다.

"세상에 그런 엄청난 놈이 있을 줄이야."

그는 포동포동 살이 찐 손으로 얼굴을 부비며 중얼거렸다.

"이제 어떻게 될까? 절반 이상의 병력을 잃은 데다가 상품들도 많이 훼손되었는데. 거기에다가 그 수라 같은 놈까지 놓쳐 버렸으니……. 어쩌면 이곳 야시가 폐쇄될지도 몰라."

"뭐가 폐쇄돼요?"

잠자리를 준비하고 돌아온 교홍이 물었다. 고돈웅은 깜짝 놀라며 황급히 고개를 저었다.

"아니다, 아무것도."

교홍은 이상하다는 듯이 가재미눈을 하며 말했다.

"정말 이상하시네."

"이상할 거 없어. 이번 교역이 꽤 힘든 과정을 거쳐서 그럴 뿐이다."

고돈웅은 자리에서 일어나며 말했다.

"들어가서 조금 쉬어야겠다."


4. 악몽


악몽을 꾸었다.

지옥의 문이 열리더니 그곳에서 수많은 악귀와 귀신들이 달려나와 그를 쫓았다.

그는 황급히 도망가려 했지만 발이 뜻대로 움직이지 않

왔다.

잡힐 듯 잡힐 듯 아슬아슬하게 악귀들의 손을 뿌리치면서 그는 눈물을 흘렸다.

죽기 싫어! 살려줘!

그때였다.

누군가 그의 콧잔등을 툭툭 치는 바람에 그는 잠에서 깨어났다.

'교홍일 것이다. 덕분에 악몽에서 깨게 되었군.'

고돈웅은 한숨을 쉬며 천천히 눈을 떴다.

주변이 환하게 밝은 것이 이미 해가 중천에 뜬 듯싶었다. 어젯밤 일찍 잠든 것치고는 꽤나 깊이 잠들었던 모양이다.

그는 끄응 하면서 기지개를 켜려고 했다. 하지만 손이 말을 듣지 않았다.

'응?'

아직도 꿈을 꾸고 있는 걸까.

마치 꿈속에서 발이 움직이지 않았던 것처럼, 아무리 몸을 움직이려고 해도 그는 지금 움쭉달싹할 수 없었다. 그때 누군가의 목소리가 그의 옆자리에서 들려왔다.

"바쁘게 사는군그래."

사내의 거칠고 투박한 저음이었다.

고돈웅은 번개라도 맞은 듯 머리가 쭈뼛 서며 온몸에 소름이 돌았다. 누군가 자신도 모르는 사이에 잠입해 들어온 것이다.

'교홍은?'

그 와중에도 애첩 생각이 났다. 하지만 자신의 옆에서 그녀의 숨소리가 낮게 들려오는 걸 보면 이 와중에도 잠을 깨지 않는 모양이었다.

'멍청한 계집이라니까!'

고돈웅이 화를 낼 때였다. 다시 그 사내의 목소리가 들려왔다.

조금 전보다 가깝게, 바로 그의 귓전에서.

"겉으로는 금적상가의 충실한 상인 흉내를 내지만, 사실 알고 보면 야시의 인신매매 중개인이지. 본처와 애첩을 두고 이중생활 하는 것도 그렇고… 아예 이중생활 자체가 자네의 취향인가 보군."

'누, 누구지? 어떻게 나를 알고 있지?'

고돈웅은 고개를 돌리려 했다. 하지만 그의 전신은 보이지 않는 포박줄로 꽁꽁 묶여 있는 듯, 손가락 하나 움직일 수가 없었다.

'마혈을 제압당한 게로군.'

무공이 뛰어나지는 않았지만 그래도 야시에서 구른 게

벌써 이십 년째, 그러니 고돈웅도 마혈이니 혼혈이니 하는 점혈법에 대해서는 익히 알고 있었다. 물론 이렇게 직접 당해보는 건 처음이었지만.

그는 자신의 마혈을 제압하고 이렇게 귓전에 입술을 대고 소곤거리는 사내의 얼굴을 보고 싶었다. 등줄기를 타고 스멀스멀 기어오르는 불안한 예감과 공포를 없애기 위해서라도 그의 얼굴을 확인하고 싶었다.

'설마… 그자는 아니겠지.'

제발 그자만은 아니기를.

고돈웅이 눈을 감으며 기원했다.

"처음에는 금적상가가 야시의 하부 조직이 아닐까 생각했거든."

사내가 다시 말했다.

"하지만 총관은 야시에 대해서 전혀 모르더군. 아, 물론 자네가 본처의 집이 아닌 이곳에 있을 거라고 알려준 자도 총관이었네."

'입 싼 녀석!'

고돈웅은 총관에서 욕설을 퍼붓다가 문득 불길한 예감이 들어 저도 모르게 입을 열었다.

"초, 총관은 지금……."

"물론 죽었네."

고돈웅의 안색이 급격하게 창백해졌다. 불안한 예감이 맞았다.

또 그의 등을 타고 기어오르는 그 알 수 없는 공포와 두려움도 이제 알게 되었다.

놈이다.

놈이 찾아온 것이다.

그토록 아니길 빌고 바랐는데 결국 놈이 나를 찾아온 것이다.

왜 나쁜 예감은 단 한 번도 틀리지 않는 것일까.

고돈웅의 얼굴이 공포심으로 물드는 걸 잠자코 지켜보며 잠시 뜸을 들이던 사내가 입을 열었다.

"내가 누구인지 알게 된 모양이로군."

고돈웅은 벌벌 떨었다.

"그리 겁내지 말게."

사내는 말했다.

"사실 나는 그리 살인을 즐기는 편이 아니네. 정확하게 말하면 사람을 죽이지 않고 일을 해치우는 걸 선호하지. 하지만 작년부터 일이 꼬이기 시작했네."

고돈웅은 그가 무슨 말을 하는지 알아들을 수가 없었다. 지금 그의 머리는 두려움과 공포, 불안과 초조감으로 뒤엉켜서 아무것도 생각할 수가 없었다.

악몽이야, 이건! 아직 나는 꿈을 꾸는 거라구! 제발 악몽에서 벗어나게 해줘!

고돈웅은 마음속으로 울부짖었다.

사내는 그를 내려다보며 여전히 무심하고 냉정한, 그래서 더욱 진저리를 치게 만드는 어조로 말하고 있었다.

"작년, 올해 죽인 자들의 수가 지난 이십여 년 동안 살인한 수보다 두 배는 많으니……. 이러다가 내가 증오하고 싫어하는 살인귀가 될 것 같아서 걱정이지."

사, 살려줘. 제발 살려줘.

나는 아무것도 몰라. 야시에 대해서 알려면 미후신을 찾아갔어야지. 왜 말단의 나를 찾아온 거냐구!

"하지만 뭐 이왕 이렇게 된 거, 좀 더 잔인해지기로 마음먹었다네. 내가 원하는 걸 얻을 때까지 최대한 잔혹하고 냉정해지기로 말이지."

사내의 말과 함께 무언가 날카로운 것이 고돈웅의 엄지손가락을 잘랐다.

서늘한 감촉과 찌릿한 통증이 고돈웅의 정신을 번쩍 들게 했다.

잘려 나간 손가락에서 핏물이 빠져나가는 게 느껴질 정도였다.

"아악!"

그는 느껴지는 고통과 통증보다는 몇 배나 더 격렬하게 몸부림을 치며 비명을 내질렀다. 눈물과 콧물이 순식간에 그의 얼굴을 뒤덮었다.

"살려주십쇼! 뭐든 말씀드리겠습니다!"

사내, 담우천은 단지 손가락 하나를 자르는 것만으로, 이 마음 약한 뚱보 중년인의 입에서 그런 맹세가 튀어나오게 만들었다.

"좋아, 제대로만 대답해 준다면 더 이상 손을 대지 않으마. 약속하지."

"맹세합니다! 뭐든지 물어보십쇼. 아는 건 다 말씀드리겠습니다."

고돈웅이 엉엉 울면서 말했다.

"미후신의 거처는 모두 열두 곳으로 그녀가 어디에 묵는지는 아무도 모릅니다. 아, 초 공사의 둘째 손녀에게 물어보면 가르쳐 줄지도 모릅니다. 암화는……."

"그런 걸 원하는 게 아니네."

담우천이 자신의 말을 자르자 고돈웅은 어찌할 바를 몰라하며 허둥거렸다.

"그럼 어떤 게 궁금하십니까?"

담우천은 차분하게 물었다.

"자네가 중개하던 그 여자 노예들 말이다. 어디에서 집결

하고 또 어떻게 데리고 오지? 또 그녀들을 총괄하여 관리하
는 자는 누구지? 그것만 말해주면 된다."

　고돈웅은 벌벌 떨면서 입을 열었다.

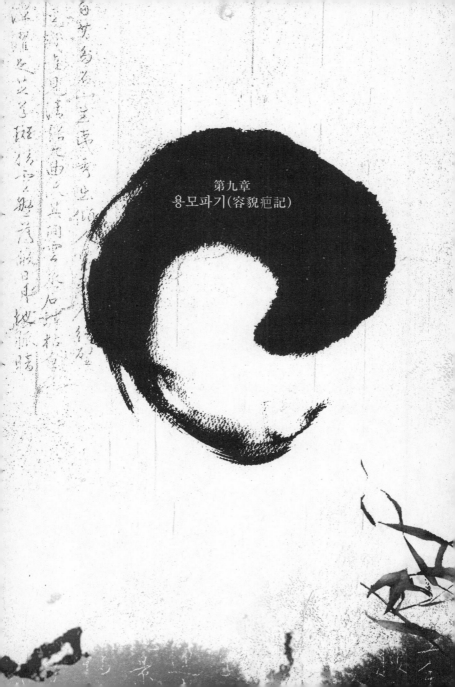

第九章
용모파기(容貌疤記)

'도대체 지난 십여 년 동안 무슨 일이 벌어진 건가?'

　담우천은 다시 한 번 고개를 갸웃거렸다.

　세상이 어떻게 돌아가는지, 강호의 형세와 시국이 어떻게 변화하고 있는지 알 수가 없었다.

　하지만 사실 알 필요도 없었다. 자하만 구해낸다면 이 지긋지긋한 강호와는 영영 이별일 테니까.

　괜한 오지랖으로 이것저것 기웃거리고 끼어들 이유가 없었다.

## 1. 오누이

꼬박 이틀 동안 단 한 끼도 먹지 못했다. 그래서 찾은 객
잔이었는데, 때마침 저녁 무렵이 된 까닭에 객잔 안은 많은
손님으로 붐볐다.

담우천은 구석진 곳에 겨우 자리를 잡고 몇 가지 음식을
주문했다.

잠시 후 점소이가 땀을 흘리며 주문한 것들을 가지고 왔
다.

담우천이 묵묵히 음식을 먹으며 앞으로 해야 할 일에 대
해서 생각하고 있을 때였다.

"참마봉방 말이다……."

귀에 익은 단어 하나가 그를 상념에서 깨웠다. 그는 저도 모르게 고개를 돌렸다.

서너 탁자 정도 떨어진 자리에 두 명의 남녀가 마주 앉은 채 식사를 하고 있었다.

연인이라고 하기보다는 남매지간이라는 게 더 어울릴 듯한 모습을 한 청춘의 두 남녀였다.

그중 이십대 중후반으로 짐작되는 굴강하고 투박한 외모를 지닌 청년이 맞은편에 앉은 여인을 바라보며 아주 낮은 목소리로 이야기를 하고 있었다.

바로 옆자리의 손님들조차 듣지 못할 정도로 목소리를 낮췄지만 담우천의 귀에는 그의 걸걸한 음성이 정확하게 들려오고 있었다.

"비록 본가(本家)의 장로들께서 그리 말씀하시기는 했지만 역시 유명무실해진 건 아닌 것 같다. 아니, 어쩌면 세상 사람들이 그렇게 알아주기를 바라면서 은밀하게 잠행(潛行)하는 것인지도 몰라."

청년은 단숨에 술 한 잔을 비운 뒤 말을 이어 나갔다.

"그동안 내가 만나본 노기인들의 이야기를 종합해 보면 참마봉방은 어느 정도 태극천맹에 대항할 힘을 키울 때까지는 그들의 신경을 건드리지 않기 위해서 바짝 몸을 엎드리고 있는 것 같다."

청년은 게서 말을 멈추고 맞은편의 여인을 바라보았다. 그녀는 청년보다 몇 살은 어려 보이는, 매우 아름다운 용모의 소유자였다.

하지만 얼굴 한쪽에 희미하게 난 검상이 그 아름다움을 훼손시키고 있었다.

그녀 또한 그 흉터가 마음에 걸리는지 매번 손이나 머리카락으로 흉터를 가리려고 했다.

청년이 고개를 저었다.

"그건 아닌 것 같다. 참마붕방이 무림제패까지 꿈꾸는 집단일 리가 없다."

호오.

그들의 대화를 물끄러미 지켜보고 있던 담우천의 눈빛이 가볍게 반짝였다.

'전음을 사용하는구나.'

그러고 보니 얼굴에 흉터를 지닌 여인은 단 한 마디도 하지 않고 있는 가운데 청년만이 혼자 고개를 젓거나 끄덕이면서 이야기를 하고 있었다.

'겨우 스물 중반도 되지 않은 것 같은데 벌써 전음을 펼칠 줄 알다니……. 도대체 어느 고인(高人)의 제자들일까?'

문득 호기심이 일었다.

사실 전음이라는 것은 결코 개나 소나 익힐 정도로 간단한 무공이 아니었다.

간단하게 정의를 내리자면 전음은 자신의 진기를 이용하여 하고 싶은 말을 상대에게 전하는 기법이었다. 하지만 제대로 된 전음을 펼치기 위해서는 여러 단계의 과정을 거쳐야만 했다.

우선 무형의 진기를 발출시켜 상대방의 귀에 도달하게 만들어야 하니 최소한 일 갑자 이상의 내공과 그 내공을 자유자재로 운용할 수 있는 능력이 필요했다.

두 번째, 그 진기를 음파(音波)로 바꾸어 상대가 정확하게 내 이야기를 전달받을 수 있도록 할 줄 알아야 했다. 그건 꽤 고난이도의 기법으로 상당한 노력과 오랜 기간의 수련이 없으면, 아무리 내공이 강한 자라 하더라도 전음술을 사용할 수가 없는 법이었다.

남들이 거의 엿들을 수 없다는, 자신의 종적을 들키지 않는다는 편리함과 실용성에 비해 전음술을 펼치는 자가 드문 건 역시 전음술이 의외로 익히기 어렵고 까다로운 무공이기 때문이었다.

그런데 저 나이 어린 여인이 전음술을 펼치고 있는 것이다.

반면 정작 그녀보다 훨씬 강해 보이는 청년 쪽은 전음술을 사용할 수 없는 듯, 최대한 목소리를 낮춰서 이야기를 하고 있지 않은가.

"허어, 몇 번이나 이야기해야 하겠느냐? 예추는 절대로 그럴 아이가 아니다. 너는 네 오라버니가 사람 보는 눈이 그렇게 없을 거라고 생각하느냐?"

청년은 살짝 짜증을 내며 말했다. 여인이 놀란 듯 토끼 눈을 한 채 고개를 설레설레 흔들었다. 그리고는 손을 동원하여 뭔가 이야기를 했다.

'응?'

담우천은 그녀의 행동에서 뭔가 부자연스러움을 느꼈다. 저 정도로 당황했다면 부지불식간에 말이 먼저 튀어나와야 했다. 하지만 그녀는 말을 하지 않았다. 아니, 어쩌면 말을 할 수 없는 건 아닐까.

'그렇다면 이해가 가는군.'

담우천은 고개를 끄덕였다.

만약 벙어리라면 다른 그 어떤 무공보다 먼저 전음술을 익힐 것이다.

그게 손짓발짓으로 상대와 대화를 나누는 것보다 훨씬 편하고 정확하게 제 의사를 전달할 수 있으니까.

아마도 담우천의 추측이 맞을 것이다. 그러지 않고서야

굳이 그 어려운 전음술을 익혀서, 저렇게 말로 해도 될 듯한 대화 중에도 전음을 사용할 리가 없었다.

"어쨌든 예추 이야기는 게서 접기로 하자. 지금 우리가 해야 할 일들이 얼마나 많은지 아느냐? 취몽월영의 종적도 찾아야 하고 월광엽사의 배후도 캐야 한다. 또 참마봉방의 방주도 한 번은 만나봐야 하지 않겠느냐?"

청년은 한숨을 쉬고는 다시 술잔을 들이켰다. 여인은 살짝 물기가 젖은 눈빛으로 그를 물끄러미 바라보았다. 청년이 다시 말했다.

"듣자하니 아직도 제왕검해(帝王劍解)를 찾지 못한 것 같더구나. 남궁 형이 얼마나 노심초사할지 생각하면… 이렇게 한가롭게 앉아서 술이나 마시는 내가 부끄럽기만 하다."

담우천의 눈가에 희미한 이채의 빛이 스며들었다.

'흠, 남궁세가가 제왕검해를 도둑맞았나 보군.'

그건 매우 놀라운 일이었다. 만약 그 사실이 알려지면 강호 전체가 거대한 혼란에 빠질 정도로 커다란 사건이기도 했다.

하지만 담우천이 지금껏 제왕검해에 대한 이야기를 듣지 못한 걸 보면 아무래도 남궁세가 측에서 쉬쉬하면서 그 사실을 덮고 있는 모양이었다.

'대충 짐작해 보면 취몽월영이 훔친 게 분명하겠군. 그 도둑놈은 늙어 죽지도 않나 보네.'

취몽월영(醉夢月影)이라면 담우천도 잘 알고 있었다. 전설적인 도둑. 마음만 먹으면 그 어떤 것이라도 훔칠 수 있다는 희대의 도적. 담우천이 은거하기 이전부터 유명했던 도신(盜神)이 바로 취몽월영이었다.

취몽월영에 대해서 생각하던 담우천이 문득 고개를 갸웃거렸다.

'그러고 보니 월광엽사라 했던가?'

월광엽사(月光獵師), 달빛 사냥꾼. 달이 뜬 밤에는 천하무적이라고 자타가 공인하는 마도사파의 고수.

하지만 그는 정사대전 당시 이미 죽었다고 세상에 알려진 자였다. 몇몇 이는 그게 헛소문이라고 생각했다. 월광엽사를 어느 누가 죽이겠느냐 하는 게 그들의 지론이었으며 또 그의 시체를 본 사람이 아무도 없다는 게 그들의 주장이었다.

그러나 담우천은 월광엽사가 이미 죽었음을 알고 있었다.

그럴 수밖에 없었다.

정사대전 당시 그의 무극섬사가 정확하게 월광엽사의 심장을 찔렀으니까. 그리고 월광엽사의 시신이 강물 아래로 떨어지는 것을 보았으니까.

'물론 그의 심장이 멈춘 걸 확인한 건 아니다. 하지만 내무극섬사에 정통으로 당하고서도 산다는 건 믿을 수 없다. 설령 기적적으로 목숨을 부지했다 하더라도 결국 그 강물에 빠져서 죽었을 것이다.'

그게 담우천이 생각하는 월광엽사의 최후였다. 그런데 지금 저 청년이 월광엽사의 배후 운운하면서 아직 그가 살아 있는 것처럼 이야기를 하고 있는 것이다.

'도대체 지난 십여 년 동안 무슨 일이 벌어진 건가?'

담우천은 다시 한 번 고개를 갸웃거렸다.

세상이 어떻게 돌아가는지, 강호의 형세와 시국이 어떻게 변화하고 있는지 알 수가 없었다.

하지만 사실 알 필요도 없었다. 자하만 구해낸다면 이 지긋지긋한 강호와는 영영 이별일 테니까.

괜한 오지랖으로 이것저것 기웃거리고 끼어들 이유가 없었다.

그래서 담우천은 더 이상 그들의 대화를 엿듣지 않았다.

그저 얼른 요기를 때우고 이 자리를 떠날 생각이었다. 그리고 얼마 지나지 않아서였다.

## 2. 용모파기(容貌疤記)

"아이구! 무슨 일로 이 늦은 시각에 행차하셨습니까?"

지배인의 떠들썩한 환대에 객잔의 손님들은 일제히 고개를 돌렸다.

막 주렴을 젖히고 들어선 이들은 관복과 관모를 쓴 포두(捕頭)와 포쾌(捕快)들이었다.

그들은 연신 허리를 굽히는 지배인을 외면한 채 거들먹거리며 객잔 안으로 들어섰다. 그리고는 객잔을 둘러보며 큰소리로 외쳤다.

"다들 이곳을 주목하도록!"

안 그래도 사람들의 시선을 끌던 참이었다. 손님들은 다들 식사를 멈추고 술잔을 내려놓으면서 포두를 쳐다보았다.

두는 육모방망이를 손바닥에 두드리면서 말했다.

"오늘 아침에 금적상가의 총관과 고돈웅이라는 상인이 처참하게 살해된 시체로 발견되었다! 본관은 지금 그 살인사건을 조사하는 중이니, 불편하겠지만 여러분의 협조를 부탁하는 바이다!"

사람들이 웅성거렸다.

고돈웅이라는 상인은 둘째치더라도 금적상가의 총관이

라면 이 여남 땅에서 꽤 인정받는 거물이었다.

그런 자가 살해당한 사건이니 아마 여남 아문이 발칵 뒤집혀졌을 게 분명했다. 또 그러니 저렇게 살기등등한 눈빛을 한 포두와 포쾌들이 이 늦은 시간까지 나돌아 다니고 있는 것이리라.

포두의 지시를 받은 포쾌들이 우르르 몰려다니며 손님들 한 사람 한 사람의 호패와 노인(路引)을 검사하기 시작했다.

호패는 그 사람의 출생과 이름, 나이와 고향을 알 수 있는 증패였고 노인은 간단하게 말하자면 여행 허가서라고 할 수 있었다.

이 당시 사람들의 경우, 자신이 살던 곳에서 타지로 여행을 가거나 일을 보러 가기 위해서는 반드시 관청에 들려 노인을 발급받아야 했다.

즉, 죄를 짓고 도망치는 중이거나 먹고살기 힘들어, 혹은 패가망신하여 야반도주를 한 자가 아니라면 노인이 없을 리가 없었다.

포쾌들이 호패와 노인을 확인하며 돌아다니는 동안 지배인은 다른 사람들 모르게 포두의 손에 은자를 건넸다.

그렇게 받아 쥔 은자를 은근슬쩍 소매춤에 감추는 포두의 얼굴이 한결 부드러워졌다.

그는 열심히 공무 중인 포쾌들을 향해 소리쳤다.

"대충 하고 나가자! 보아하니 다들 점잖은 분들 같구나. 하기야 살인을 저지른 자가 이런 곳에서 식사나 하고 있을 리가 없을 테니까."

그 말을 기다렸다는 듯이 포쾌들이 수사를 중지하고 돌아섰다.

하지만 포쾌들 중 한 명은 돌아서지 않았다. 그는 자신의 앞에 앉은 채 호패도 노인도 보여주지 않는 사내를 향해 으름장을 놓고 있었다.

"어서 꺼내보라니까. 설마 호패도 노인도 없는 거 아냐? 이자, 정말 수상한데?"

그 광경이 포두의 눈에 들어갔다. 포두가 가볍게 눈살을 찌푸리며 말했다.

"정 포쾌! 대충 하고 끝내라니까."

정 포쾌라 불린 자는 포두를 돌아보며 말했다.

"아무래도 이자가 수상합니다. 노인은 물론 호패도 가지고 있지 않습니다."

포두의 표정이 바뀌었다. 그는 성큼성큼 걸어가 구석진 자리로 향했다.

그 자리에 앉아 있는 사내의 아래위를 훑어보던 포두의 얼굴이 일순 딱딱하게 굳어졌다.

원래는 고급 비단옷이었으되 얼룩덜룩해져 더러워진 사내의 옷. 그 노랗고 붉은 얼룩들이 흙탕물과 핏물이 말라비틀어져 생긴 거라는 사실을 포두는 단번에 알아차린 것이다.

"다들 이자를 포위하라!"

포두는 육모방망이로 사내를 가리키며 소리쳤다. 포쾌들이 우르르 몰려들었다. 그 주변의 손님들은 황급히 자리에서 일어나 바깥으로 나가거나 혹은 문 근처에 서서 추이를 지켜보았다.

졸지에 포쾌들에게 둘러싸인 사내, 담우천은 천천히 자리에서 일어났다.

그의 얼굴은 여전히 무표정한 가운데 귀찮게 되었군, 하는 기색이 언뜻 스며들고 있었다.

포쾌들 너머로 아까 그 오누이가 이쪽을 지켜보는 모습이 언뜻 보였다.

담우천과 눈이 마주치자 청년은 깜짝 놀라는 얼굴이 되었다.

'호오, 내 기세를 눈치챈 건가.'

기세를 알아본다는 건 그만한 실력이 있어야 가능한 일이었다.

그런 의미에서 보자면 저 건장한 체구의 청년은 담우천

의 생각보다 상당한 실력을 지니고 있었다.

담우천이 그런 생각을 할 때였다.

"이자, 왠지 낯이 익은걸?"

포두가 담우천의 얼굴을 보며 고개를 갸우뚱거리다가 문득 무슨 생각이 났는지 허리춤에 꽂혀 있던 종이들을 꺼내 펼쳤다.

그 십여 장의 종이에는 하나같이 흉악해 보이는 인상의 얼굴이 그려져 있었고, 바로 옆으로는 깨알 같은 글씨가 적혀 있었다.

용모파기(容貌疤記)였다.

죄인이나 용의자를 잡기 위해서 그 사람의 용모나 중요한 특징, 사건의 상황 등을 기록하고 그려 넣은 종이가 바로 용모파기였다.

관가에서는 증인의 구술(口述)을 토대로 화관(畵官)이 그림을 그리고 증인의 인증을 받은 후, 여러 장을 인쇄하여 포두들에게 나눠주기도 하고 또 다른 지역의 아문에 전하기도 했다.

지금 포두가 들춰보는 용모파기 중에도 타 지역의 아문에서 보내온 게 몇 장 있었다. 빠르게 뒤척거리던 포두의 손이 멈춘 건, 정주 아문에서 보내온 용모파기를 본 직후였다.

"그래, 이자다! 정주 아문 추관의 아들을 죽인 살인범!"

포두는 여러 장의 종이 중에서 정주 아문에서 보내온 종이를 빼내 담우천의 얼굴에 들이대며 소리쳤다.

"네 목에 은자 오천 냥의 현상금이 걸려 있다! 아니, 현상금을 떠나서 감히 추관의 아들을 죽여? 나랏법은 봉공수행(奉公遂行)하는 관인의 혈육을 다치게 하다니, 그 죄 죽음으로 배상하라!"

포두가 마치 판관의 지엄한 판결처럼 쏟아내는 말 속에서 담우천은 저도 모르게 한숨을 내쉬고 있었다. 몇 달 전 정주에서 벌였던 일이 떠올랐던 것이다.

'결국 죽었단 말이지.'

내심 그렇게 중얼거리는 담우천의 뇌리에는 아쉬움이나 불쌍한 감정보다는 귀찮게 되었다는 생각이 먼저 떠올랐다.


3. 후기지수(後起之秀)


…….

성명 : 담우천.

죄목 : 정주 아문 추관 오채두의 장자(長子) 오달서를 살해한 죄. 오달서의 동료 일곱 명을 최대 반년에서 최소 한 달의 치료

를 요하는 부상을 입힌 죄.

특이할 점 : 일고여덟으로 보이는 소년과 갓 돌이 지난 아이를 데리고 다님.

주의할 점 : 검으로 상대를 현혹시킨 뒤 몰래 암기를 사용하여 싸움.

추가 사항 : 추관 오채두와 정주의 유지들이 십시일반 오천 냥을 모아 현상금으로 내걸었음. 죽여도 상관없으나 되도록 생포하기를 바람.


담우천의 눈에 들어온 글씨들은 대략 그렇게 적혀 있었다. 담우천은 어이가 없었다.

'검으로 현혹시키고 암기를 사용한다라? 도대체 그 녀석들, 뭐라고 이야기한 걸까?'

문득 궁금해졌다.

어쩌면 정주사패의 강구나 동주에게는 그렇게 보였을 수도 있었겠다.

워낙 실력의 차이가 크다 보니 담우천이 어떻게 자신들을 박살 내고 쓰러뜨렸는지 도저히 알아볼 수가 없었을 터, 아마도 기이한 사술이나 암기를 사용했을 거라고 여겼을 수도 있었다.

어쨌든 놈들은 담우천과의 약속을 저버렸다. 반드시 귀

찮은 일이 생기지 않도록 최선을 다해서 뒤처리를 하겠다고 그와 약속했는데, 이렇게 담우천에게 난처한 일이 발생하게 된 것이다.

'흠, 그 오 당가라는 녀석이 죽었으니 녀석들에게도 어쩔 도리가 없었겠나?'

그런 생각을 하던 담우천은 문득 의아한 얼굴이 되었다. 저 용모파기에 자신의 이름이 적혀 있다는 사실을 뒤늦게 깨달은 것이다.

'어떻게 내 이름을 알았을까? 그 정주사패라는 자들에게 내 이름을 발설한 기억이 없는데.'

담우천은 기억을 더듬었다. 한편 그가 묵묵히 서 있는 걸 보고 이미 체념한 것이라고 오해를 한 모양이었다. 포두는 더욱 의기양양하여 소리쳤다.

"어서 오랏줄을 받아라!"

그제야 비로소 담우천이 그를 바라보았다. 그 서늘한 눈빛에 포두가 움찔 놀라는 듯했다.

'소란을 일으켜서는 안 된다.'

담우천은 스스로에게 말했다.

이곳 여남은 어디까지나 미후신의 본거지. 안 그래도 눈에 불을 켜고 자신을 뒤쫓고 있을 그녀와 야시에게 조그마한 단서라도 남기면 안 된다.

그들이 무서워서가 아니었다. 행여나 그들에게 발목이 잡히는 바람에 자하를 구하는 일이 더 늦어지는 게 두려운 것이다.

그러니 아무런 소란 없이, 최대한 빨리 이 자리를 벗어나는 게 옳았다.

그래서였다.

"내 명예를 걸고 약속하리다."

담우천은 나지막한 목소리로 말했다.

"나중에 내가 직접 정주 아문을 찾아가겠소."

포두는 그게 무슨 귀신 씻나락 까먹는 소리냐는 얼굴로 담우천을 바라보았다. 담우천은 한숨을 내쉬며 말을 이었다.

"하지만 지금은 내가 좀 바쁘니, 먼저 실례하겠소. 이해해 주시기 바라오."

포두는 그제야 담우천이 무슨 이야기를 하는지 알아차리고는 크게 성내며 말했다.

"어디서 감히 나를 놀리는 게냐! 뭣들 하느냐, 어서 이자를 잡지 않고!"

그의 명령에 따라 포쾌들이 덤벼들었다. 우당탕탕 소리가 나면서 탁자가 뒤집어지고 그릇들이 깨졌다. 요란하기 그지없는 공격이었다.

하지만 담우천은 단 몇 걸음만으로 그렇게 요란하게 자신을 향해 덤벼드는 십여 명의 포쾌 사이를 간단하게 빠져나가더니 단번에 포두의 뒤편으로 걸어 나갔다.

"뭐, 뭐지, 지금?"

놀란 포두가 뒤를 돌아보며 육모방망이를 휘둘렀다.

아문에 들어서면 필수적으로 익히는 곤법(棍法)이 펼쳐졌다.

하지만 담우천은 이미 포두의 사정거리를 벗어나 객잔 문 앞까지 다다른 상태였다.

문 앞에 서 있는 손님들이 허둥지둥 자리를 비켜주는 가운데, 오직 두 명의 남녀만이 그 자리를 버티고 서 있었다.

예의 그 젊은 오누이었다.

담우천은 가볍게 눈살을 찌푸리며 그들을 향해 발을 내디뎠다.

마치 그대로 두 사람을 힘으로 밀어젖히려는 듯한 행동이었다.

청년이 반사적으로 손을 내밀었다. 경시할 수 없는 무형의 힘이 그 손에서 뿜어져 나왔다.

'호오!'

담우천의 눈이 가늘어졌다.

생각대로였다.

이 사내답게 생긴 청년은 그 또래에서는 적이 없을 정도로 강한 힘을 지니고 있었다. 그러나 담우천은 그 또래가 아니었다.

그는 청년의 손에서 뿜어 나오는 무형의 기운을 무시한 채 손을 뻗어 청년의 팔꿈치를 잡았다.

청년은 흠칫 놀라며 팔을 휘저으려 했지만 담우천의 손놀림은 매우 빠르고 기묘했다.

어처구니가 없을 정도로 간단하게 팔꿈치를 제압당한 청년은 '어딜!' 하면서 왼손으로 담우천의 얼굴을 후려치려 했다.

하지만 담우천이 더 빨랐다.

이미 그는 청년의 옆으로 몸을 틀면서 여인과 청년 사이로 빠져나가고 있었다.

뒤늦게 여인이 손을 뻗으려 했지만 담우천의 시선과 마주치는 순간 마치 그 자리에 굳어버린 듯 움직이지 못했다.

담우천은 잡고 있던 청년의 팔을 놓은 뒤 가볍게 손을 흔들어 보이고는 문 밖으로 걸어 나갔다.

그건 말 그대로 눈 깜빡할 사이에 벌어진 일이었다. 객잔 안에 있던 사람 중 그 누구도 그들이 손속을 겨루는 걸 보지 못했다.

사람들의 눈에는 그저 담우천이 제 앞을 가로막고 서 있는 남녀 사이를 비집고 나가는 모습만 들어왔을 뿐이었다.

"잡아라!"

뒤늦게 포두가 소리치며 담우천을 쫓아 밖으로 나갔다. 포쾌들이 우르르 따라 나갔다.

청년은 제 팔꿈치를 매만지며 밖을 바라보았다.

"역시 세상은 넓군."

청년은 믿을 수 없다는 듯이 중얼거렸다.

"이런 객잔에서 저만한 고수를 만나게 되다니."

여인이 그에게 전음을 보냈다.

[그렇게 강하던가요, 오라버니?]

청년은 고개를 끄덕였다.

"지금껏 내가 만난 그 누구보다도 강할 것 같다."

여인이 눈을 휘둥그레 뜨며 물었다.

[월광엽사보다두요?]

"그래, 그보다 훨씬."

청년은 입술을 깨물더니 낮은 목소리로 말을 이었다.

"아무리 월광엽사라 하더라도 나 모용중백(慕容仲伯)을 단 일 초 만에 제압하지 못하지. 그건 예전에 싸워봤으니까

현아, 너도 알겠지. 그런데 방금 저자는… 내가 일 초도 버티지 못했다. 도대체 얼마나 강한 자인지… 나로서는 짐작조차 할 수가 없을 것 같다."

모용중백의 누이동생 모용현아(慕容賢雅)는 꽤 놀란 얼굴로 제 오라버니를 쳐다보았다.

그의 입에서 지금처럼 나약한 말이 나온 건 처음 있는 일이었기 때문이었다.

언제나, 그 어떤 자와 마주했을 때에도 그는 늘 당당했다.

전대의 마두 월광엽사나 천살광마(千殺狂魔)를 앞에 두고서도 그는 사내다움을 잃지 않고 한 치도 물러서지 않았다.

그게 삼절패룡(三絶覇龍) 모용중백이 지닌 장점 중에서도 가장 큰 매력이 아니었던가.

모용현아는 저도 모르게 객잔 밖을 돌아보았다.

이른바 무림십오군영(武林十五群英)이라고 해서, 젊은 무인 중에서도 최고의 후기지수(後起之秀)로 인정받는 열다섯 명의 고수가 있었다.

그리고 모용중백은 그 무림십오군영 중에서도 수좌(首座)를 다투는 인물이었다. 그런 모용중백이 단 일 초도 버티지 못한 인물.

또한 그저 눈이 마주치는 것만으로도 역시 무림십오군영 중의 한 명인 그녀를 꼼짝하지 못하게 만든 자.

다시 한 번 그와 만나고 싶다는 생각이 불현듯 그녀의 뇌리를 스치고 지나갔다.

모용현아는 어둠이 내린 밤거리를 내다보면서 속으로 조용히 중얼거렸다.

'역시 강호는 바다처럼 넓고 기인이사(奇人異士)는 모래알처럼 많구나.'

第十章
은월천사(隱月天使)

평평하던 벽이 느릿하게, 천천히, 볼록하니 튀어나오고 있었다.

그리고 그 볼록하게 튀어난 부분은 이내 사람의 얼굴 형상으로 변했다.

그것은 마치 돼지 오줌보를 얼굴에 들이대고 힘껏 잡아당겨서 만든 모양의, 깊게 팬 눈과 코와 입술의 윤곽만이 보이는 형상이었다.

악몽과도 같은 일이 일어나고 있었다.

## 1. 걸렸구나

유주에서 북경부로, 그리고 이곳 정주에 당도하기까지 그들이 얼마나 많은 고생을 했는지 모른다.

놈이 흘린 단서를 취합하고 놈이 벌인 사건 주변의 인물들에게 얻은 정보를 바탕으로 하여 한 걸음씩 한 걸음씩 놈의 뒤를 쫓아서 마침내 정주에 도착할 수 있었던 것이다.

그들은 이곳 정주에서 사흘을 묵으면서 놈이 어떤 일을 벌였는지 세세하게 조사했고, 그 결과에 경악해야만 했다.

놀랍게도 놈은 은매당의 주인을 암살했으며 이곳 아문 추관의 아들에게 중상을 입혔다.

사실 추관의 아들에게 중상을 입힌 건 그리 대단한 일이 아니었다.

그들에게도 마음만 먹는다면 추관의 아들이 아닌 추관 본인까지 해치울 수 있는 능력들이 있었다.

그러나 무림인이라면 그 누구라 하더라도 관(官)과 얽히는 걸 본능적으로 꺼리기 때문에 어지간한 일이 아니고서는 아예 그들과 부딪치는 것조차 피하는 게 보통이었다.

한데 놈은 거침없이 추관의 아들과 싸워 반쯤 죽여 놓은 게다.

그 제멋대로의 사고방식이 이해할 수 없는 것이다.

놈의 실력 정도라면, 추관의 아들과 싸우지 않은 채 일을 좋게 마무리 지을 수 있었을 텐데도 놈은 그렇게 하지 않았다.

평소 살인을 즐기지는 않지만 마음이 내키면 누구든 죽인다. 그게 바로 놈이었다.

어쨌든 그들을 경악하게 만든 건 놈이 은매당주를 암살한 일이었다.

용담호혈(龍潭虎穴)과도 같은 은매당의 내당까지 들키지

않고 잠입하여 은매당주를 해치우고, 또 매복자들의 시야를 피해 무사히 빠져나왔다는 것은 그들에게 큰 충격을 주기에 충분했다.

은매당주의 무공이야 그리 대단할 게 없다고 할 수 있겠지만, 수십 명의 매복자를 허수아비로 만든 건 직접 조사한 그들조차 믿지 못할 만큼 놀라운 일이었다.

"음, 아무래도 내가 잘못 생각한 모양이다."

그들의 수장이자 천궁팔부의 위대한 주인인 열혈태세 호천강은 저도 모르게 신음을 흘리며 그렇게 말했다.

"담우천이라는 자, 내 예상보다 몇 배는 강한 고수인 것 같구나."

"아빠!"

그의 장중지주이자 이들을 이끌고 여기까지 오게끔 만든 장본인인 호지민이 악을 쓰듯 소리쳤다. 호천강은 고개를 저으며 말했다.

"아니다. 그가 벌인 사건들을 조사하고 주변 사람들의 이야기를 들어보건대… 그가 너에게 말했다는, 천궁팔부를 괴멸시킬 거라는 말이 절대 허튼 소리가 아닐 것 같다는 생각이 든다."

"말도 안 돼요, 아빠. 세상에 그럴 만한 능력을 가진 사람이 어디 있어요?"

"아니다. 이건 내가 은매당에 직접 가보고 내린 결론이다."

담우천이 은매당주를 암살했다는 정보를 얻은 후 호천강은 직접 은매당으로 가보았다.

물론 은매당주의 암살 이후 더욱 경계망이 강해지기는 했겠지만, 불과 십여 장도 채 못 가서 그는 매복자들에게 포위당하고 말았다.

그때 호천강은 등에 소름이 돋았다.

이 정도의 매복자들을 뚫고 은매당주를 암살할 실력이라면 호천강 또한 천궁팔부의 경계를 뚫고 들어와 충분히 암살할 수 있을 거라는 확신이 든 것이다. 정면으로 싸우면 어떨지 몰라도 놈에게 그럴 능력이 있다는 건 확실히 위협적이었다.

더 이상 놈에게 접근하는 건 무리다.

그의 수하들이 은매당의 매복자들에게 사정을 설명하는 동안 호천강은 그렇게 결심했다.

"게다가 너무 오랫동안 궁을 비웠다. 돌아가서 재정비를 한 연후에 다시 추격대를 구성하는 게 나을 것 같구나."

"겁쟁이!"

호지민이 자리에서 벌떡 일어나며 소리쳤다. 일순 호천강의 안면 근육이 부르르 떨렸다.

수하들이 없었기에 망정이지 만약 누군가 보고 있었다면 아무리 귀한 딸이라 하더라도 결코 용서할 수 없는 말을 하는 그녀였다.

"전 여기 남을게요. 남아서 놈을 끝까지 쫓겠어요."

"그러든가."

호천강은 싸늘한 어조로 그렇게 말하며 자리를 떴다. 방 안에 홀로 남게 된 호지민의 얼굴이 창백해졌다.

부친의 그렇게 싸늘하고 냉정한 얼굴은 처음이었던 것이다.

겁이 덜컥 났다. 하지만 그녀는 이를 악물었다. 억울하게 죽은 조흔을 떠올리면서 그 복수는 자신의 몫이라고 스스로 되새겼다.

다음 날, 호천강은 몇 명의 수하를 남겨두고 산동으로 되돌아갔다. 호지민은 그렇게 떠나는 부친을 배웅하지 않았다.

그녀는 독랄한 표정을 지은 채, 겁쟁이 아버지를 비웃었다.

"내가 놈의 목을 베겠어."

그녀는 이를 갈았다.

하지만 상황은 그녀의 뜻대로 흘러가지 않았다. 정주에서 담우천이 은매당주를 암살한 이후의 행적은 그 어디에서도 찾을 수가 없었다.

마치 하늘로 솟구친 듯 혹은 땅 속으로 사라진 듯 정주를 떠난 그의 흔적은 오리무중(五里霧中) 그 자체였다.

두 달을 아무 소득 없이 보낸 호지민은 그야말로 미칠 지경이었다.

무슨 방법을 강구하여야만 했다.

그래서 호지민은 온갖 궁리를 거듭한 끝에 마침내 방법을 만들어냈다.

"죽여라."

그녀는 수하들에게 지시를 내렸다.

"아무도 모르게, 마치 부상이 갑자기 악화되어 죽은 것처럼 꾸며서 죽여야 한다. 할 수 있겠느냐?"

"가능합니다."

그녀를 따라 이곳에 남아 있는 수하는 오직 세 명뿐이었지만 개개인의 능력이 일류고수에 버금가는 자들이었다.

그런 자들이 병상에 누워 있는 환자 하나를 죽이는 건 어린아이 팔목 비트는 것보다 더 간단한 일이었다.

그리고 이틀이 흘렀다.

마침내 호지민이 펄쩍 뛸 정도의 희소식이 들려왔다. 담우천에게 얻어맞은 후, 그동안 병상에서 호전 중이던 총관의 아들이 결국 상태가 악화되어 목숨을 잃었다는 소식이었다.

호지민은 곧장 총관을 찾아가 위로하며 함께 분노했다. 또한 아들을 죽인 자가 담우천이며 아주 악독한 흉악범이라고 이야기했다.

그리고 은자 오천 냥을 현상금으로 내걸겠다는 약속까지 했다.

총관은 아문의 화관을 불러 그녀를 통해 담우천의 용모파기를 기록했다.

그렇게 만들어진 용모파기는 곧 정주와 인근에 있는 삼개 성의 삼십육 아문에 전달되었다.

"이제 남은 건 기다리는 일뿐이야."

호지민은 표독스럽게 중얼거렸다.

다시 한 달이 흘렀다. 호지민은 초조함을 억지로 누르며 기다리고 또 기다렸다.

다시 새로운 달이 시작된 지 며칠이 흘렀다.

아문에서 사람이 찾아온 것은 그녀가 이곳 정주에 머무른 지 석 달이 지나고 넉 달째로 접어들 무렵의 일이었다.

"놈이 여남에서 발견되었다는 소식입니다. 놈은 포쾌들에게 흉악한 살수를 퍼부으며 도주했다고 합니다."

아문 사람의 말에 호지민은 저도 모르게 자리에서 벌떡

일어났다.

 그녀의 얼굴에는 걸렸구나, 하는 지옥의 악귀와 같은 미소가 떠올랐다.

 그것은 보는 사람으로 하여금 저도 모르게 등골이 오싹하게 만드는 미소, 표정이었다.


 2. 은월천사(隱月天使)


 원화가 무한으로 돌아왔을 때에는 이미 무한의 야시는 성공리에 끝난 후였다.

 원화는 자신을 대신하여 야시를 관리한 황충의 어깨를 두드리며 수고했다고 말했다.

 황충은 꽤 놀란 눈으로 그를 쳐다보았다.

 원화가 이렇게 다정하게 이야기하는 건 흔치 않는 일이었기 때문이었다.

 염색 공정도 매끄럽게 진행되고 있었다.

 놀랍게도 불량품의 개수가 원화가 있을 때보다 훨씬 적었다.

 그래서 원화는 더욱 불안해졌다.

 '이거… 내가 없어도 모든 일이 잘 굴러가는구나. 아니, 내가 없으니까 더 잘되는 것 같은데' 하는 생각에 가슴이 꽉 막힌 듯 답답해졌다.

무한으로 돌아온 지 사흘이 흘렀다.

홀로 침상에 누워 멍하니 벽을 바라보던 그의 얼굴이 어느 순간 급격하게 일그러졌다. 무시무시한 일이 벌어지기 시작한 것이다.

평평하던 벽이 느릿하게, 천천히, 볼록하니 튀어나오고 있었다.

그리고 그 볼록하게 튀어난 부분은 이내 사람의 얼굴 형상으로 변했다.

그것은 마치 돼지 오줌보를 얼굴에 들이대고 힘껏 잡아 당겨서 만든 모양의, 깊게 팬 눈과 코와 입술의 윤곽만이 보이는 형상이었다.

악몽과도 같은 일이 일어나고 있었다.

그 기괴한 형상을 본 원화는 자리에서 벌떡 일어나 침상 밑으로 데구르르 굴렀다.

그리고 그 얼굴 모양의 형상 아래에서 오체복지(五體伏地)를 하며 입을 열었다.

"은월천사(隱月天使)를 뵙습니다."

목소리가 부들부들 떨려 나왔다. 야시를 지배하는 십이 지신 중 한 명인 오을신치고는 너무나도 초라한 모습이었다.

사실 원화가 십이지신 중 한 명이었으며 십이지회의 참석자이기도 했지만 그건 어디까지나 중간 관리자, 중간 대책회의에 불과했다.

십이지회는 단지 야시를 책임질 뿐이었다. 그리고 원화가 속해 있는 이 조직, 은월천계에는 야시와 같은 조직이 수십 개나 있었다.

그 조직들이 어떻게 구성되었는지 어떤 일을 하는지는 원화도 몰랐다.

단지 그는 은월천계의 지시에 따라 야시의 한 구역을 관리, 감독하는 처지에 불과했다.

그 은월천계의 명령을 가지고 오는 이가 바로 은월천사였다.

얼굴이나 성별, 나이를 짐작할 수 없는 인물. 늘 이렇게 기괴하고 신비하게 나타나서 명령을 하달한 후 홀연히 잠적하는 게 은월천사이기도 했다.

고무처럼 늘어나 사람 얼굴을 하고 있는 벽의 입이 열렸다.

사람의 목소리 같지 않은, 무미건조하고 높낮이가 전혀 없는 음성이 흘러나왔다.

"미후에게 보고를 받았다."

원화는 오체복지를 한 채 부들부들 떨었다.

그 위로 계속해서 은월천사의 목소리가 무겁게 떨어져 내렸다.

"네 잘못을 인정하느냐?"

"인정합니다."

원화는 억지로 힘을 내어 말했다.

"하지만 그자가 너무 강했습니다. 우리들의 힘으로는 도저히 막을 수 없을 정도로……."

"그자에 대해서 이야기하는 게 아니다."

은월천사의 목소리는 무정했다. 원화가 마른침을 삼키며 입을 다물었다.

"색혼술에 빠져서 조직의 비밀을 함부로 발설한 죄를 묻는 것이다."

"자, 잘못했습니다. 한 번만 기회를 주십시오."

원화는 바닥에 머리를 쿵쿵 박으며 애원했다. 은월천사는 전혀 흔들림 없는 목소리로 말했다.

"천계의 판결이다."

원화는 가슴이 터질 것 같은 긴장감을 애써 누르며 그다음 말을 기다렸다.

이윽고 은월천사가 입을 열었다.

"오을의 모든 직위와 권한을 회수한다."

쿵!

뒤통수를 후려치는 듯한 충격이 일었다. 하지만 원화는 곧 고개를 저으며 자신에게 말했다.

'아냐. 그래도 목숨만은 구했다. 그게 어디냐?'

바로 그 순간, 은월천사의 말이 계속 이어졌다.

"더불어 오을의 목숨도 회수하기로 한다. 이후 황충이 새로운 오을이 되어 이 지역의 야시를 이끌어 나가게 될 것이다."

원화의 정신이 아득해져 갔다.


## 3. 영도 선사(靈道禪師)

낙양에서 북쪽으로 약 이백여 리를 가다 보면 영도산(靈道山)이라는 그리 높지 않은 산을 만날 수 있었다.

그 산 중턱에는 영도사(靈道寺)라는 사찰이 있었는데 그 절의 부처가 꽤 영험하다는 소문에 많은 이가 향을 피우고 불공을 드리러 찾아왔다. 특히 갓 혼인한 새색시나 아직 아이가 없는 유부녀들이 아들을 점지해 달라고 찾아오는 경우가 많았다.

이곳의 주지인 영도 선사(靈道禪師)는 사십대 중반의 중년승으로 십여 년 전 이곳으로 와 직접 절을 세운 이후 수많은 신도의 존경을 받으며 지내고 있었다.

때는 꽃이 피고 만물이 소생하는 삼월 말.

화창한 날씨에 어느덧 바람도 부드럽고 따듯해져서 영도산을 찾는 방문객이 제법 많아졌다. 그날도 홀로 공양을 올리겠다면서 찾아와 백팔 배를 올리려는 젊은 여인들이 줄을 서서 대기하고 있었다.

'상등품이군.'

영도 선사는 조신하게 절을 올리는 여인의 뒤에 앉아서 그녀의 평퍼짐한 엉덩이를 바라보며 그렇게 중얼거렸다.

허리는 잘록하고 엉덩이는 탱탱했다. 용돈포로 만든 조그만 홀버선 안에는 헝겊으로 돌돌 말아 만든 전족이 있을 것이다.

그 전족을 떠올리자 영도 선사는 저도 모르게 아랫도리가 불끈거렸다.

'모양에 따라서 최상등품이 될 수도 있을 게다.'

열일곱 살이라고 했던가. 보름 후 시집을 가기로 되어 있고, 그 전에 미리 이곳에 와서 아들을 점지해 달라는 절을 올린다고 했지.

입술이 좁고 가는 것이 그곳의 모양도 그럴 게 분명했다. 발목이 가는 건 이 여인의 성감이 뛰어나다는 뜻.

제대로 가르치고 훈련시키면 석 달 안에 최고의 명기가 될 자질이 보였다.

탐나는 계집이었다.

이윽고 절을 마친 여인은 돌아서서 영도 선사에게 허리를 굽혔다.

영도 선사는 근엄한 표정으로 불경 몇 마디를 외운 후 자리에서 일어나며 말했다.

"신심이 돈독하시니 분명 원하시는 바를 이루실 거외다."

"고마워요, 주지스님."

"허허, 고맙기는요. 이게 다 부처님의 뜻이죠."

여인은 기뻐하며 시주함에 전표를 넣었다. 손목도 가늘고 손가락도 길었다.

손톱이 분홍빛을 띠고 있는 걸로 보아 몸도 건강한 듯했다.

"혼자 오셨다구요?"

영도 선사는 은밀하게 물었다. 여인은 고개를 흔들며 말했다.

"유모와 같이 왔어요."

"그렇군요."

조금 아쉽다.

혼자 왔으면 일은 더 쉬워질 텐데. 하지만 유모가 있다한들 상관없는 일이다. 유모는 죽이고 이 계집만 납치하면 되니까.

뒤탈이 있을 리가 없었다. 백일기도를 마치고, 혹은 백팔배를 끝내고 산을 내려가다가 실족사를 하거나 맹수에게 잡혀 먹는 경우를 생각한다면, 변명거리는 얼마든지 만들어낼 수 있었다.

게다가 이렇게 아직 시집도 가지 않은 처녀가 아들을 점지해 달라고 올 때에는 집에 따로 말을 하지 않고 나서는 경우가 대부분이었다.

그러니 어느 절에서 불공을 드리다가 실종되었는지 어느 누가 알 수 있겠는가.

영도 선사는 그녀를 따라 불전에서 나왔다. 복도에서 다음 차례를 기다리고 있는 십여 명의 여인이 그를 향해 공손하게 인사했다.

영도 선사는 그 인사를 받으며 수좌승(首座僧)에게 말했다.

"잠시 자리를 비우마. 이후 일은 네가 맡아서 하거라."

수좌승은 이런 경우가 왕왕 있었는지 조금도 긴장하지 않은 채 대답했다.

"알겠습니다."


영도 선사는 산문(山門) 입구까지 배웅을 나섰다.

여인과 유모는 그 친절함에 매우 감격한 얼굴들이었다. 그녀들은 몇 번이나 뒤를 돌아보고 인사하면서 산을 내려 갔다.

그녀들이 보이지 않게 되자 영도 선사의 표정이 달라졌 다.

그는 냉혹하고 잔인한 미소를 머금으며 주위를 둘러보았 다.

마침 오가는 이들이 아무도 없었다.

그는 가볍게 몸을 날려 아름드리나무 위로 올라섰다. 저 멀리 산 아래로 내려가는 두 명의 여인이 보였다.

영도 선사는 나무에서 나무를 타고 그녀들을 따라잡았 다.

잠시 후, 영도 선사는 어깨에 여인 한 명을 메고 다시 산 문으로 돌아왔다. 여인은 혼절한 듯 그의 어깨 위에 축 늘 어져 있었다.

가볍게 산길을 오르던 문득 영도 선사는 뒤를 돌아보았 다.

누군가 자신을 바라보는 느낌이 들었던 것이다. 하지만 주위에는 아무것도 없었고 또 아무런 기척도 느껴지지 않 았다.

잠시 주변을 두리번거리던 그는 곧 절 뒤쪽으로 돌아가

서 오로지 자신만 출입할 수 있는 비상문을 통해 절 안으로 들어갔다.

비상문은 절의 지하로 연결되어 있었다. 그리고 지하에는 조그만 석실이 있었는데 영도 선사는 들고 온 여인을 석실 안에 내려놓았다.

"하루만 예서 머물러라. 내일 산 아래로 내려가 천당에 데려다 줄 터이니."

영도 선사는 여인의 옷자락을 풀어 헤치며 말했다.

기대하건대 최상등품이 될 수 있는 여인이었다. 영도 선사는 그런 귀한 물건에 흠집을 낼 하수가 아니었다.

그가 여인의 옷을 벗기는 이유는 오직 하나, 과연 자신의 기대만큼 훌륭한 몸을 지니고 있는지 확인하기 위해서였다.

"좋아. 가슴은 합격점."

영도 선사는 여인의 드러난 젖을 이리저리 만지고 눌러보면서 그 탄력과 크기를 확인하고는 만족한 듯 고개를 끄덕였다.

그는 계속해서 여인의 옷을 벗겨 나갔다.

"허리도 잘록하고……. 어이쿠, 이건 좀 그렇군."

그의 얼굴이 일그러졌다.

그녀의 중요한 곳에 털이 없는 것이다. 나이와 발육 상태를 보건대 이건 확실했다.

털이 아직 나지 않은 게 아니라 원래 털이 나지 않는 체질인 게다.

무모증(無毛症)이라니.

털 없는 계집과 정사를 가지면 삼 년 동안 재수가 없다는 속담이 있듯이, 이렇게 털 없는 여인은 상품의 가치가 현저하게 떨어졌다.

아무리 명기니 색감이니 하더라도 역시 털 없는 게 눈에 거슬리는 건 어쩔 도리가 없었다.

"흠, 어찌한다……."

영도 선사는 실망한 표정으로 잠시 고민하다가 어쩔 도리가 없다는 듯 중얼거렸다.

"뭐, 이렇게 된 이상 무모증을 좋아하는 손님을 찾을 수밖에……."

이 여인의 자질은 매우 뛰어났다. 게다가 확인해 본 결과 아직 확실한 처녀.

그곳이 불투명한 막으로 막혀 있는 걸 영도 선사의 두 눈으로 똑똑히 보았다.

남은 건 전족인데…….

영도 선사는 가슴을 두근거리며 신발을 벗기고 버선을 벗겼다.

노란 헝겊에 둘둘 말아 있는 발이 드러났다. 조심스레 헝겊을 풀던 영도 선사는 저도 모르게 한숨을 내쉬고 말았다.

"세상에, 이렇게 완벽한 전족이라니…."

발가락들이 발바닥에 달라붙어 있었고 발등의 곡선이 낙타의 혹처럼 드러났다. 길이도 적당했고 높이도 딱 알맞았다.

영도 선사의 손바닥 위에 올려놓을 만큼 작고 앙증맞은 전족인 것이다.

"좋아. 은자 십만 냥짜리다."

영도 선사는 낄낄거리며 고개를 끄덕였다.

비록 무모증이라는 게 마음에 걸리기는 하지만 세상에는 별의별 사내들이 많았으니까.

무모증에 환장한 사내만 찾으면 은자 이십만 냥에도 팔 수 있는 최상등품이었다.

영도 선사는 다시 여인의 옷을 입혔다. 그리고는 여전히 혼절해 있는 그녀의 입술에 입을 맞췄다.

"그럼 내일까지 푹 쉬거라."


4. 환영한다, 지옥에 온 것을

다음 날 아침이었다.

네 명의 교군꾼이 모는 한 대의 교자(轎子)가 영도사를 출발하여 산 아래로 향했다.

꽤 험한 비탈길이었지만 교군꾼들은 날렵하게 움직이면서 단숨에 산을 내려왔다.

계속해서 교자가 향한 곳은 낙양에서 그리 멀리 떨어지지 않은 한 장원이었다. 미리 이야기가 되어 있었는지 장원의 입구를 지키고 서 있던 무사들은 별 검사 없이 교자를 안으로 통과시켰다.

몇 개의 문과 건물을 지나 내원에 당도한 후 처음으로 교군꾼들은 걸음을 멈췄다. 삼층 전각이 그들 앞에 웅장한 모습으로 서 있었다.

교자의 문이 열리고 모자를 깊게 눌러 쓴 중년인이 걸어나왔다.

깊게 눌러 쓴 모자와 평소와 다르게 입은 비단옷 때문에 그 중년인을 보고 영도 선사를 떠올리는 사람은 아무도 없을 것이다.

교자에는 중년인, 영도 선사 말고도 한 사람이 더 있었다.

아직도 혼절한 채 축 늘어져 있는 여인이었다. 영도 선사는 그녀를 안은 채 전각의 계단을 따라 걸어갔다.

이미 언질이 갔는지 전각 입구에는 서너 명의 사내가 그를 마중 나와 있었다. 영도 선사는 사내들에게 여인을 건네며 말했다.

　"제대로 교육시키거라. 최상등품이다."

　사내들의 눈이 휘둥그레졌다. 영도 선사는 고개를 끄덕이며 말했다.

　"그래, 이렇게 최상등품이 연거푸 나오는 건 극히 오래간만의 일이지. 이름이 뭐라고 했더라? 아, 그렇군. 자하라고 했지, 아마? 그 계집이 얼마에 팔렸는지 다들 기억하지?"

　사내들은 이구동성으로 말했다.

　"물론입니다."

　"아마 이 계집도 그 가격을 받을 것이다. 한 가지… 무모증이라는 게 걸리기는 하지만."

　사내들의 얼굴이 굳어졌다. 웃음기가 사라지고 실망한 기색이 그 자리를 대신했다.

　영도 선사가 낄낄 웃으며 말했다.

　"걱정 마라. 내 반드시 무모증을 좋아하는 변태 같은 사내를 데리고 올 테니까. 그렇게만 된다면 아마 이곳이 열린 이후 가장 비싼 매매가 이뤄질 수도 있을 것이다."

　영도 선사는 사내들의 어깨를 두드리며 말을 이었다.

　"다 너희의 노력에 달려 있음을 명심하거라. 아, 물건에 흠집 내면 다들 죽는다."

"알겠습니다."

"잘 알고 있습니다."

사내들이 일제히 허리를 숙일 때였다. 여인이 정신을 차린 듯 신음을 흘리며 눈을 떴다.

영도 선사는 그녀를 내려다보며 웃었다.

"환영한다, 천당에 온 것을."

\*　　　\*　　　\*

"잡았다."

삼층 전각에서 두 구획 정도 떨어진 건물의 지붕 위.

담우천은 그곳에서 눈을 가늘게 뜬 채, 귀를 활짝 연 채로 영도 선사와 사내들을 지켜보다가 희미하게 중얼거렸다.


"다른 건 잘 모르겠습니다만 낙양의 영도사에서 좋은 물건이 나온다는 건 말씀드릴 수 있습니다."


몇 번이나 손가락을 자르고 협박했지만 결국 고돈웅에게서 알아낸 건 오직 그것뿐이었다.

그러니 담우천은 어쩔 도리 없이 여남을 떠나 낙양으로 갈 수밖에 없었다.

낙양의 영도사를 찾은 담우천은 그 주변에서 닷새를 머물며 상황을 주시했다. 그리하여 마침내 영도 선사가 중년 여인을 살해하고 어린 여인을 납치하는 광경을 목도할 수 있었던 것이다.

그다음부터는 일사천리였다.

담우천은 영도 선사가 탄 교자를 따라 산을 내려왔고 이곳 장원에 몰래 잠입했다. 그리고 삼층 전각이 그리 멀리 떨어져 있지 않은 이 건물 지붕 위에 몸을 숨긴 채 저들의 대화를 엿들었다.

"환영한다, 천당에 온 것을."

영도 선사의 그 말을 듣는 순간, 담우천은 온몸이 짜릿해지는 기분을 느꼈다.

죽음에 이른 소진이 해주었던 이야기. 분명 그 이야기 속에 그런 말이 있었던 것이다.


그녀는 황급히 일어나 앉으며 몸을 가렸다.

"오호, 깨어났구나."

중년인은 피식 웃으며 두 팔을 벌렸다.

"환영한다, 천당에 온 것을."

담우천은 눈을 가늘게 뜬 채로 저 멀리 떨어져 있는 영도선사를 바라보며 중얼거렸다.

"환영한다, 지옥에 온 것을."

『낭인천하』 5권에 계속…

# 신풍기협 神氣俠法

FANTASTIC ORIENTAL HEROES
윤신현 新무협 판타지 소설

「수라검제」,「태양전기」의 작가 윤신현
우직한 남자의 향기와 함께 돌아오다!

사부와 함께 떠났던 고향.
기다리는 친구들 곁으로 돌아온 강진혁은
사부의 유언을 지키기 위해 강호로 나선다.
반드시 돌아오겠다는 약속을 남기고.

## "믿어라. 난 결코 허언을 하지 않는다."

무인으로 살 것인가, 무림인으로 살 것인가.
고민을 안고 나아가는 강진혁의 강호행!

신의 바람이 불어와 무림에 닿을 때,
천하는 또 하나의 전설을 보게 되리라!

Book Publishing CHUNGEORAM

유행이 아닌 자유추구 ~
WWW.chungeoram.com

김현석 현대 판타지 소설
전능의 팔찌
THE OMNIPOTENT BRACELET
「신화창조」의 작가 김현석이 그려내는
새로운 판타지 세상이 현대에 도래한다!
삼류대학 수학과 출신, 김현수
낙하산을 타고 국내 굴지의 대기업 천지건설(주)에 입사하다!
상사의 등살에 못 견뎌 떠난 산행에서, 대마법사 멀린과의 인연이 이어지고……
어떻게 잡은 직장인데 그만둘 수 있으랴!!
전능의 팔찌가 현수를 승승장구의 길로 이끈다!
통쾌함과 즐거움을 버무린 색다른 재미!
지.구. 유.일.의 마법사 김현수의 성공신화 창조기!
Book Publishing CHUNGEORAM
유행이 아닌 자유추구 -
www.chungeoram.com

獨步行
독보행

임영기 新무협 판타지 소설

FANTASTIC ORIENTAL HEROES

그날, 심산유곡에서 수련하던
한 명의 소년이 강호로 내려왔다.

모든 이가 소년을 비웃고,
모든 무사가 그를 깔봤다.

소년은 흔들리지 않는다.
"이 천하를 독보(獨步)하리라!"

한번 시작한 걸음, 결코 멈추지 않으리라.
천하여! 무림이여!
대무영(大武英)이 간다!

Book Publishing CHUNGEORAM

WWW.chungeoram.com

# 무정철협

월인 新무협 판타지 소설

FANTASTIC ORIENTAL HEROES

「두령」, 「사마쌍협」, 「장홍관일」의 작가 월인
2013년 벽두를 여는 신무협이 온다!

**삭초제근(削草制根)!**
일단 손을 쓰면 뿌리까지 뽑아버렸다.

**무정(無情)!**
검을 들면 더 이상 정을 논하지 않았다.

그래서 나는 무정철협이 되었다.

진정한 협(俠)을 아는가!
여기 철혈의 사내 이한성이 있다!

# 「무정철협」

Book Publishing CHUNGEORAM

# 까불지마!

## 까불지마!

FUSION FANTASTIC STORY

**무람 장편 소설**

『태클 걸지 마!』의 무람 작가가
풀어내는 신개념 현대판타지 소설!

24살의 대한민국 청년, 강태영
타고난 병으로 인해 온몸의 근육이 힘을 잃어가는 그가 부모마저 잃었다!

"제기랄! 이 빌어먹을 몸뚱이!"

좌절하여 모든 걸 포기하려던 바로 그날.

쫘르르릉! 번쩍!
강태영을 향해 떨어진 푸른 날벼락.
그리고 그가 눈을 떴을 때
그를 기다리고 있는 것은……

**날 비참하게 만들던 세상이여
더 이상 까불지 마라!**

Book Publishing CHUNGEORAM

유행이 아닌 자유추구 -
WWW.chungeoram.com

# ALCHEMIST

FUSION FANTASTIC STORY  시이람 장편 소설

2013년, 또 하나의 현대물이 깨어난다.
현대에서 펼쳐지는 연금마법진의 진수!

인간 최초의 9서클을 이룩한 마법사 아스란.
죽음의 위기에서 그가 남긴 유지가
차원을 넘어 지구에 떨어진다.

**일리미트 비블리어시카(Illimite bibliotheca)!**

그 무한한 힘과 지식을 얻게 된 김창준.
3년 전으로 돌아간 날을 기점으로,
삶이, 인생이, 그의 희망이 바뀐다!

**현대에 강림한 진정한 마법사의 전설!**
**끝도 없이 세상을 향해 날개를 펼치다!**

Book Publishing CHUNGEORAM

유행이 아닌 자유추구 -
**WWW.chungeoram.com**